麻雀卦

及．其．他．

趙迺定 著

趙迺定散文集早期作品之二

一如趙迺定詩集的調性，
散文集也以溫馨筆調出發，
描述生活中的真．善．美！

自序

　　個人從事文學創作，自1961年首篇詩處女作，發表於《自由青年》以來，寫作時程已歷半個世紀，其間對詩、散文、小說、兒童文學及評論等，均有所涉入。茲今將原已於報章雜誌發表過的作品重新檢視，並予分類結集。

　　個人所以要再自行檢視，或者是因發表當時仍有疏漏，應予補空；或者因時空轉變，人生歷練不同，感悟與所得不同，值諸結集出版之際，因之增補其內涵，慎重其事，此或可謂係「第二次寫作」。也因係定義為「第二次寫作」，所以進度費工，與初創類同；惟其絞盡腦汁的苦楚，自也是苦行之姿勢，個人願意承受。

　　就個人散文創作來說，對其早期作品，分為二集，其一為已出版之《南部風情及其他——趙迺定散文集早期作品之一》及其二之本集《麻雀情及其他——趙迺定散文集早期作品之二》；至於後期作品，則另行研議處理。

　　本集所收列作品為1988年以前，已發表於中央日報、中華日報、台灣日報、商工日報、自立晚報、大華晚報及文學界、野外雜誌等報章雜誌之作品。係以溫馨、感恩、關懷、諒解、懷想、風趣為基調之發抒。本集《麻雀情及其他——趙迺定散文集早期作品之二》，計有「童年回憶」、「動植物」、「山水

與野外」、「草民生活」、「登山旅遊」及「其他」等六輯。為
方便學子研究，瞭解演進脈絡，各輯內文章大致按發表日期順
序排列。

趙迺定謹記

2011.05.28

自 序　003

童年 回憶

動 植物

Contents

山水與野外

草民 生活

登山 旅遊

其他

童年

回

憶

從貧困中成長

　　也許白天裡玩過了頭，夢裡我看見有十來隻小雞環繞著母雞，在草地上覓食、嬉戲。小雞緊緊的跟隨在母雞附近各自覓食，但當母雞發現食物時，母雞會「咯咯」的呼喚著，呼喚著小雞去啄食。而小雞一聽到母雞的呼喚，也知道有好吃的東西可以享用，牠們總會奔逐過來，爭搶母雞所發現的東西。那些東西可都是雞隻喜愛的，比如稻穀、豆子、蝗蟲、蚱蜢、幼蟻和其他的小蟲子等等。小雞圓渾的身軀，裹著一團細細的絨毛，可愛得令人想抓來把玩；尤其小雞的那份天真與純樸的稚情，更使我想逗弄牠們。我一面想著一面往前追逐，對我這突如其來的舉動，母雞嚇得前奔了數步，而小雞也驚慌四散。眼看著就要抓到其中最接近我的一隻小雞時，我突覺身後有物體飛奔而來，我不覺手一慢頭一撇，卻見那物體竟是一隻大公雞。大公雞正伸長脖子，展翅飛撲過來。大公雞的那副兇狠的氣勢，嚇得我驚叫了起來。

　　乍一驚醒，才知道原來是噩夢一場；而母親驟聞驚哭聲，就本能的哄著：「乖，乖，不要哭，不要哭，不要怕！」

　　撇過臉，我看到母親困乏的手正輕拍著弟弟的胸口，而弟弟仍深沉的睡著；當下，我難過得禁不住的眼淚直淌。我噤聲，為怕驚醒過度勞累的媽媽，她是很需要深沉的睡眠的，也怕媽媽發

覺自己竟拍錯了作噩夢的小孩。我孤獨無依的哆嗦著，我有冀求母愛不可得的挫折感，我小心眼的想著：「媽偏心，一向就是偏心！」

這噩夢發生之時，我大概是六歲大，但在這卅年來的歲月裡，其景況依舊清晰得很；卅年前，由於貧窮以及兄弟眾多，逼得母親為柴米油鹽等家事，每天做牛做馬以外，已無餘力給予子女更多的關懷。

之後年歲漸長，但我仍生活得不寫意；怪只怪我有個哥哥，他不但功課好，年年爭第一，而且善書畫、會作文，又能演講；不時的比個賽，就搬個獎狀、獎品回家。而且他又隨和不惹人討厭，雖偶遭責備，也是笑臉相迎，更絕不耍賴，一副憨憨的樣子；也因此深獲父母歡心，而且兄姐們也多以他的光榮成績為傲，自然會多寵愛他，少苛責他。更糟的是，他的年紀和我最接近，當我和他發生爭吵時，這時挨罵的總是我；至於我和弟弟的爭執，無論是誰對誰錯，母親總是說：「弟弟年紀小，不懂事，你讓讓他吧！」再不然，就是手執小竹竿對著我吼著：「我要打你！」

事實上，母親從未真正的體罰過我，倒是我爸爸打過我，在我不乖的時候。雖然那時我們的生活艱苦，但母親並不因之怨天尤人，也不遷怒、不亂發疲氣的。記得在那貧困的年代裡，當時母親曾把美援的麵粉袋拆了，一針針的縫製成內衣褲，把中美合作緊握著的雙手，鑲嵌在我們的胸口上。哥哥說：「沒有關係，校服一穿，誰也看不到我們穿的是麵粉袋縫製的內衣。」我們光著腳丫子，沒鞋穿的，上了六年的小學。我們很少有肉吃，平時

都是食用自家種的瓜果蔬菜，只在拜拜時，才有雞鴨肉吃。當時
我們很容易滿足，只要有一點額外的享受，就足以令我們雀躍老
半天。

有幾件深埋心裡的事，很可以深入的反映當時的困境：其
一，就是有一天，大姐夫忽然來訪，這是大事。大姐夫是難得回
來的，這次所以來，也是趁出差公幹，順道過來的。在當時，雖
然大姐夫家也只不過是距離在二十幾公里以外的地方而已，並不
很遠；但除非是騎腳踏車來回，花的是三、四個鐘頭的時間，不
用花火車票錢；否則，火車票錢也是好幾塊錢的。在當時經濟困
頓的時候，需要的是能省則省的，哪還有閒錢花在火車票上，所
以大姐夫是很難得回來的，同樣的，大姐更是。母親看到我大姐
夫來訪，閒聊一、兩句後，就抽空壓低聲音差我去買三塊錢的豬
肉。母親說：「唉！不早來，早來還可以買點東西的。現在家裡
什麼都沒有！總要有點肉味的。你趕快去買，也不知道市場收攤
了沒有？」母親又嘆了一口氣，她正愁著哪。當時，三塊錢只夠
買五花肉四兩，也就是半斤的一半，一小片而已。鄉下肉販不比
今天城裡的肉販，知道大家都是小家庭的，吃不多，所以今天的
肉販有時反而會建議買少一點，明天再買比較新鮮，這種做生意
的作法是細水長流。當然，以下的經過，或許只是個案而已，但
對我來說，其震撼卻非同小可！

我半走半跑的匆匆忙忙的趕到菜市場。還好，遠遠的就看
到，那個我在過年過節和他買過肉的肉販還在，他立在攤後等著
顧客上門。我走近攤前，他的攤上還有幾片的豬肉，都是五花
肉，其他什麼豬肝啦、豬頭皮啦，或者里肌肉的，都沒有了！可

說都快收攤回去了。幾隻蒼蠅忽而停在肉攤上或者豬肉上，豬肉販有時就揮揮手，把蒼蠅趕得騰空而飛，待風平浪靜，蒼蠅就又飛下來，在肉攤上或者豬肉上攀爬。

三塊錢確實很少，我連出手買自己都覺得很不好意思，很失禮的樣子！我壓低聲音，深怕鄰攤的人聽到一般的，交出了皺皺的三張鈔票說：「五花肉，三塊錢。」當時，那肉販也不知是那根筋不對勁一般的，竟高揚我給的那三張的一元鈔票，大聲的吆喝著：「喔，這麼好的生意呀，買三十元耶！」那聲音足夠讓全市場的人都聽得到的！接著他又把那手中的三張紙鈔揮一揮，拖長聲音再次吆喝著：「喔，買──三──十──元──耶！」那天，不知道我是如何回到家的，但我記得我感受到的是從未有過的羞愧與屈辱；好像連窮苦都是一種罪惡，賣豬肉的販子都可以去揶揄的對象。

另一件是：阿兵哥為了戰備，有好幾個月的時間在我家庭院旁興工築碉堡。他們每天僅吃兩餐飯，但糙米飯總是有得剩，於是他們的排長就常把剩飯送過來給我們；剩飯是乾淨的，而且在那種窮困的日子裡，三餐難繼的歲月裡，阿兵哥的施捨，我們是欣然接受的。糙米飯總比地瓜籤飯好吃！

母親一吼，我就飛奔逃竄。老家院落前是田園，後有高莖作物，我常一溜煙就逃到田裡，看別人家種的菜圃，看茂密的甘薯田，看碧綠的稻田，倘佯在藍天綠地裡；再不然，就躲到屋後的白甘蔗園裡，或是木麻黃和拔仔林中。

我獨自躲著，起先還有點冤屈不滿的掉淚，待情緒平靜後，我就只感到無依與被忽視了，我反而開始希冀看到母親；但在倔

強的個性下，我仍要嘔氣不回家，我還是要等到母親開口呼喚我。我知道當母親升灶做飯，把晚餐準備妥當以後，她會在後門，向著後院呼叫著：「阿定仔，回來啊，天黑了，吃飯了！快點回來呀！」媽媽見沒應聲，也沒人影出現，她就會又繼續補充一句：「快點回來啊，再不回來就沒飯吃了！」

俗話說：「吃飯皇帝大」，意思是吃飯的時候，別的事情都可以不管的，哪怕天皇老爺子召見也可以不管的；簡單的說：吃飯是最重大的事情了，所謂的「民以食為天」。天黑固然恐怖，自個兒躲個老半天也是無聊透頂的，何況由於飢腸轆轆，逼得我非摘下臉皮不可，我是該回家果腹的了！那時不比現在，現在的家庭，多數家庭的冰箱裡都會存放著豐富的食品，隨時熱一下就可填飽肚子的！而在當時，如果我不早一點回家，說不定配菜會全被吃光了，甚至飯鍋會見底的！而我就要餓一餐的了！

當然，聽到媽媽接連的呼喚，我是巴不得咧嘴回應妥協的，雖然我有時仍是很不心甘的拉下臉，但我還是要回家去！

母親一見到我，通常又要說上幾句嘔氣的話：「一躲就躲個半天還不要回家，要躲就不要回來了！」其實母親的倦容上並無一絲絲的慍色，她只有為生活而勞累而疲憊的鏤刻。我四舅公日據時代曾當公學校校長，後來回鄉當老師，有次他就教導我們：「別傻了，父母有時叫你去死，那只是在罵你，並不是真的叫你去死！所以聽大人講的話，要聽大人的真正意思。」那年我是小學一年級，因為級任老師請假，校方請四舅公以教導身分來兼課。同樣的，母親說要躲就不要回來，那豈是真意！四舅公代課時，還講過一個孤女尋母記，每天講一

點，其尋母過程遭遇到許多的艱辛與波折，講得我逃了學，原因只是孤女太悲慘了，悲慘得我不敢繼續聽下去！

有人說：生個兒子掉顆牙，按此計算，母親四十來歲時應已掉了好多顆牙了，或許母親體質好，小時就操勞慣了，所以母親的子女雖多卻不真的掉牙；但她到六十幾歲時，卻真的換成滿嘴金牙銀牙了。

說來奇怪，母親牙齒雖不好，偏又愛吃硬的東西；當我們兄弟大口的嚼食甘蔗時，她則把甘蔗切分成一小塊一小塊的，有如稚童取食般的塞進嘴裡。她也喜歡吃米花糖，那時的米花糖，並不是爆得綿綿入口即化的那種，而是烘乾的飯粒裹著糖漿，即堅硬又難嚼的，稍一不慎，連口腔都要咬破皮，甚至把牙齒嚼斷的那種。

其實這兩種食物，僅有單純的糖味而已，既無今日水果糖的葡萄、草莓、蘋果等的風味，也沒有飴糖沾上花生、芝麻、李子等有各色的香味。固然，當時並非沒有又香又甜的糖果，只是那種有五彩繽紛的玻璃紙包裹著的糖果，常是進口貨，而其身價就要十百倍於米花糖或甘蔗而已，對那種能吃得到進口糖果的人來說，其實他們只是鳳毛麟角的一群，一般的人不是能享用得到的。

母親一向什麼好吃的，甚至僅能供充飢用的食品，她都是先留給子女的。以吃飯為例，幾十年來，母親不曾先用飯，她總是撿食子女吃剩的殘粥剩菜充飢的，這種情形，在今日來看未免少見，但在母親的眼裡，那卻是天經地義的、理所當然的事情。

　　就衣物方面來說，母親常說：「只要有一件進香拜佛用的，新一點的，乾淨一點的衣服就夠了。」而那襲進香拜佛用的布服，竟一穿十年！

　　我常想母親是熱愛子女的母鴿，整天價日的以飽藏肚裡的食物哺育幼鴿，雖因之消瘦亦無怨言。

　　母親的牙齒好，至少在她六十歲以前都可以這麼說的：她的牙齒是不錯的。但就她的眼睛來說，相較於她的牙齒，那是差太多了。母親眼睛不好，不但是由於她當姑娘時終年在烈日下忙碌，風吹雨打中操勞農務，更是由於子女眾多，壓得她不得喘息。當子女一個接一個通學讀書時，她每天都要四點起床，然後在昏暗的五燭光燈下傍著爐灶作飯洗碗。才清晨四點呀，在夜仍深沉，大地仍在沉睡的時候，她已開始了每天必有的操勞。而如此的勞累耗用目力，焉能不傷及其視力呢？雖然她的日常工作如此繁忙辛勞，但我從未聽過她為家事的勞累而抱怨過。她雖無力輔導子女的功課，但她那種任勞任怨的精神感召，以及默默叮嚀鼓勵的話語，反而是一種最妥切的身教，也激起子女更用功讀書的動力。

　　小時母親給我的形象一直是平凡與瑣碎，及長漸悟這原就是母親的偉大與生活寫照。母親確同當代的母親一樣，都是在平凡與單調的燒飯、洗衣、洗碗、餵養豬羊家禽，以及劈柴、掃地、下農田中默默度過，並且她們就只一心盼望把子女撫養長大。她們沒有喜樂，她們的喜樂已經給了子女；她們沒有榮耀，她們的榮耀已交給子女的成長。

　　我常獨自思考著：在貧窮與匱乏中，母親是如何艱難的、無怨無尤的把子女撫養長大，而且以她的艱苦奮鬥與淡薄人生觀，感召子女奮發與不與人爭的處世態度，而擁有一份專業的或謀生的技能。這說明了貧窮與匱乏並不能限制個人的發展，反而令人知所發憤；也說明不是非要奢侈華麗的，日子才可以打發，才叫做人生。及至今日，我雖已由當初僅備一張文憑闖天下，在歷經婚育的艱辛，以達今日的生活無慮的地步；但我仍無時無刻不惦記昔日的貧困生活，而知所儉省。我也時時警惕自己：衣但求暖，食但求飽，不尚浮華，不講排場！

（刊1985.02.13台灣日報）

撞進垂釣回憶

在碧潭，在北勢溪，在福隆海濱浴場，我常看到有人或盤坐在扁石上，或席地坐在青草地上；他們是那麼默然守著釣竿，偶而把竿拉起，看到魚兒上鉤也沒有喜悅之情，只是迅速的把魚兒拆下放進魚網或魚籠裡。如果拉起的釣竿，只是空洞一片，魚餌已失，也沒有婉惜；他們也只是熟練的把魚餌勾上，再次拋入溪海裡。有否收獲，對他們來說並不是頂重要的事；釣魚原就只是他們的閒適生活。孤單掌一竿在手，伴著海溝溪波垂釣的人，就把日子打發了，把多日來的匆忙與緊張在安閒中治癒了。

小時我的釣竿，其實簡陋無比，只用著黃藤桿當浮標，紮個小鐵塊就是鉛球，這麼樣因陋就簡的垂釣了好多的童年歲月。那時的我，一向是在養魚池垂釣的，聽說有人在溪河裡垂釣，還很驚訝的，總想著魚池有人養魚，溪裡河裡又沒人養魚，那來的魚呢？何況水清見底，連河床上的石頭都數得出來，卻不見魚兒悠游，哪會有魚上鉤呢？

我曾有歡樂，也有哀傷。當我一竿釣起兩條魚時，我會大樂歡呼；但當我一再投竿，卻是水波不動時，難免失望得很，或許是我有所求使然吧，及長也再沒有興致釣魚了；這並不是說我無法靜下心來，其實我也夠緘默的，半天不吭一聲，也耐得住。

有位亦師亦友畫畫的陳代銳老師，曾說十來年前，由於被倒

了很多錢，傷心之至而落魄消沉足有半年光景；當時做什麼事都提不起勁，每天就只是釣魚。他說：「當時北海岸魚多，一竿紮上五、六個釣鉤，隨意一拋一拉，就鉤鉤有魚；一天下來，足夠塞滿冰箱裡的冷凍室。釣到後來，每次出門，他的媽媽總不忘叮嚀著，少釣一點，吃也吃不完，冰箱又擺不下。」

　　他還說：「當時魚之多，多到紮好數個釣餌時，那垂在水裡的釣鉤已有魚兒上鉤。」足見當時天然水產豐厚。可惜於今工廠廢水到處排放、濫用農藥、破壞土地、污染河川、亂倒垃圾，導致河川阻塞，水流不暢，這環境已不適天然生物生存。如果我們堅持不自我約束，上天的厚愛都將消滅殆盡，未來我們將用更大的痛苦與代價來賠償今日的放縱。日前走過中正橋，望見橋下魚群聚集，內心裡有無限的欣悅；惟經詢他人，何以那麼多魚沒有人去釣，才知道那些魚群已得了工業病，不但土味奇重，甚至含鉛、含汞、含著過量的農藥。天啊，人為何要那麼的自私呢？為了圖一時方便，破壞千百年子孫未來的環境，難道值得嗎？我感到無限的迷惘與困惑！

　　小時，有次伍哥興沖沖找著釣竿說：我們田裡那邊，有個灌溉用的水塘，塘裡魚群多。我問：何不將水排去，用捉的。伍哥說：喔，不行的，魚沒人養的，可以去釣；水卻是有用的，是用來灌溉田地的。小時曾看到別人在溪流裡築堤，把水掏乾，待水淺，一條條魚就無法遁形了，用手抓都抓得到。當時還有人乾脆脫下衣服，跳進水塘，把水攪混；水濁氧氣少，魚兒都漂浮在水面了。此時手到擒來，方便之至。於今某些地方，見得到的魚，竟不能食用，這是什麼世界呀！

　　當然，某些地方的魚蝦，依舊可以食用的，比如：在花蓮、在台東，那兒河川水流清澈見底，但見小橋上三三五五，小孩手握釣竿，嘻笑著垂釣，有無限的歡愉。他們的釣竿，真是簡陋無比，竟比我童年時用黃蔴桿當浮標還簡陋。那釣竿，只是一根竹子前端綁著繩子，浮漂、鉛錘等一概從缺。小孩就這樣看著那些小魚的圍聚、咬啄。小孩就這樣不時的提起釣竿，而那無鉤的魚餌竟可以把魚兒一併提出水面，而且魚兒不躍動，只有驟然被提出水面的驚詫。

　　在夕陽下，餘暉照耀著東部平原，眾多的木麻黃和防風林都沉浸在和穆氣息裡。我望著小橋上童稚歡愉的臉，一頭撞進我童年時垂釣的回憶中。

（刊1986.02.04台灣日報）

蕃薯葉之思

那天早上，當我經過市場時，我時常光顧的那家小菜販，正匆忙的在整理擺置各式各樣的青菜、蘿蔔和瓜豆類。所謂的整理擺置，就是把青菜類外層枯萎的老葉子去掉，一個個疊置成金字塔型，灑上一些水，以保陽光照射下不易乾萎，賣相變差。至於蘿蔔、瓜豆類，是把它們的塑膠袋的外包裝解開，擺在小鋁缽上以便零賣。

天才剛亮，冷風微微的吹，她卻是一忽兒站立著，一忽兒彎著腰，不停的在忙碌了。天才剛亮呀，冷風呼呼的吹，總讓人感到胸口涼颼颼的；而此時她卻早已把鋁缽擺置，並且把蔬菜擺滿了這馬路邊。如果再加上到中央市場採購耗費的時間來看，她應該至少已忙碌三、四個鐘頭了，這是多麼勞累的一件事呀！

雖然她是那麼的忙碌、勞累；但當我走過時，她依然仰起頭來打個招呼，道個早安。傳統市場就有這點人情味，永遠令人感到溫馨暖和。

她已經四、五十了，有些銀白髮飄飛著，黧黑的臉頰上佈滿點點風霜，兩顆金牙總在笑時露了出來。她人挺和氣的，一身樸實的打扮，令人一看就知道她是樂天知命的那一類人。她無怨無尤，日子總是傻呼呼的過著；可是在傻呼呼中，上天卻眷顧了

她，連她最小的么女兒，今年都考上了臺大。此外，她還有一男一女，也分別在成大和師大就讀。

有時我常想，人之所以能在多種苦難挫折中，勇敢的、堅毅的活下去，那無止盡的原動力，就是對未來的期望與對下一代子女的寄望了。以她來說，雖然目不識丁，學講國語也是費了九牛二虎之力，才勉強可以應對來往的外省人；可是他的三個兒女卻都能考上人人稱羨的大學，這不是一種上天給的最大的安慰嗎？未來不是會比今天更好嗎？

當我瀏覽她的菜攤時，我發現有一堆的葉子擺在竹籃子裡，那水汪汪厚厚實實的，有如三角形的葉子，我一直就感到是那麼的眼熟與親切。待我仔細的定睛看看，那些葉梗同樣的水汪汪厚厚實實的，突然我想起那是我幾十年前日常看到的蕃薯葉；可是我又不敢確定，因為那葉那梗是那麼的肥碩哪！哪像以前的蕃薯葉，瘦削又單薄，而且那葉梗是紫紅色的，怎麼看也不會把它看成和以往那種黃綠色葉梗同屬蕃薯族的。

我疑惑的抬頭看看她，問著：「那是什麼？」

「那是『過溝仔菜』。」她順著我的手勢看了一眼。

「過溝仔菜，什麼是過溝仔菜？」我大惑不解的問著。

「就是蕃薯葉嘛！」她仰起頭，笑著說。

「幫我留兩把好了，等一下我過來拿。」掩不住的興奮，我搶著說。

歲月一下子打回幾十年前，那時我仍然是穿著破舊衣服，打著赤腳，東奔西跑的。童稚時代，那時是無憂無慮的，整天就只為玩和吃而忙碌。當然那時的玩，並不是如同今天的小孩

玩的，那種有精緻的玩具，比如進口的芭比娃娃或是電動化的汽車、火車；而是捲一片樹葉、摘一根野草，而是玩風玩雨，玩藍天玩白雲。

　　我們打著赤腳，穿著破衣，而不改其樂。當然，在那貧瘠的歲月裡，我們是再怎麼幻想，也幻想不到數十年後的今天，物質生活會提昇得這麼的高。

　　第一次注意到二姊在蕃薯田收成之後，把蕃薯藤前端嫩綠的部分摘下，再把葉子摘下時，我很訝異的問她：「做什麼？」

　　我曾看過媽媽一手拿著菜刀，一手把整束的蕃薯藤擺在刀砧上用力壓著，刀起刀落，快速的把蕃薯藤切成一段段的。然後丟進大灶裡煮熟攤涼，用來餵豬。媽媽切蕃薯藤，但求快速，所以顯得有點乾淨俐落，快刀斬亂麻之態。而二姊摘採蕃薯葉，卻是那麼的細心，那倒是出乎我的意料之外。

　　「吃呀。」二姊笑著說。

　　「吃，蕃薯葉不是用來餵豬的嗎？」

　　「我做了，你就知道好不好吃了。」二姊又笑著說。

　　二姊接著又把一根根的葉梗捏斷，然後輕巧的把梗皮剝去，那種梗皮是非常纖細的，而且從頭一剝就可以直剝到尾端，斷也斷不了的，足見其韌性之強。

　　二姊把剝過皮的薯梗和薯葉，一小段一小段的切分，而後放入清水，在鍋中煮熟，撈起攤涼之後，潑上蒜泥醬油。那天晚上是我第一次吃到蕃薯葉，那是那麼的清淡、爽口，饒富野味。後來二姊也曾把蕃薯葉清炒著吃，做法一樣簡單，只是把

大蒜在熱油中爆香，然後倒入蕃薯葉、蕃薯梗炒熟即起鍋。這種清炒薯葉，吃起來又可口又香，蠻好下飯的。

我所以不敢把紫紅色葉柄的蕃薯藤，認為是蕃薯族的一種，是因為昔日我但見有青色、綠色和淺黃色的葉柄。其實如果把這幾種不同品種、不同顏色的莖葉，擺在一起，倒也是蠻琳瑯滿目的。

吃了幾次蕃薯葉，爽口是爽口，倒還有點嫌老了一點。有一天，我竟呆呆的問二姊：「為什麼不在蕃薯葉鮮嫩時摘來吃呢？為什麼非要等到蕃薯田收成後，葉黃藤老之時才吃呢？」

或許二姊認為我太不知足了，或許二姊認為我太欠考慮，因此數說著：「蕃薯在成長之時，莖葉固然鮮嫩，但是摘多了，會影響蕃薯結實收成，人總不能貪圖今日的享受而不先考慮未來的收穫，眼光要放遠一點，不要患上近視眼的毛病。」

那時我感到很是委屈，我只是不知道才問的，卻也因之惹來二姊的一番話，而那番話也就深刻在我的心田了。

當我辦完其他的事以後，再次回到菜攤時，我提走了兩束蕃薯葉，心裡不禁油然而生一份溫馨，彷彿彷彿我又回到了昔時童年的時代。

（刊台灣日報1987.10.09）

釣趣

　　一般的文學作品，均把釣魚描寫成一種悠閒的情景。雖然說，把人投注在大自然的海邊、山澗裡，遠離塵囂，確然有浮生半日閒的暇適；其實釣魚，不但要專心注意，而且是一種冒險與挑戰。我曾在北海岸看到眾多的釣者，佇立在岸邊的岩上，腳下是洶湧的海濤；我也曾在白沙灣、在桃園海邊，看到釣魚者穿著厚重的雨衣、雨鞋，置身海水裡垂釣。那都是一種挑戰，一種冒險與刺激：如果海濤太大，往腳下一沖，連人都要翻滾到海裡被捲走的；如果天候突變，水深岩滑也易生意外，可見這是一種冒險、一種挑戰！

　　有個愛垂釣的人，有次在岩岸上垂釣，一不小心腳一踩空，就墜落到海裡。頭上鮮血直流，縫了七、八針，又打了破傷風的預防針。他的兄弟更是喜愛垂釣，每每沿著北勢溪一直釣過去，夜晚則宿在工寮裡或借住民宅，而以所釣之魚為饋贈，如此的餐風飲露，一去半個月，終日與山林為伍，以垂釣為樂。

　　垂釣，即要專心靜意，為何又能讓人得到心神舒暢呢？我想，只能以興趣來解釋了。另外還有人，以往在部隊裡的時候，常生頭痛，歷經多方治療亦無效，後經醫生建議，找個興趣試試。他開始學開車，症狀竟然減輕，自此他就愛上了開車，而頭痛也不見了！其實，開車是一種很累人的事，以往我在北訓中心

學開車，總是捏一把冷汗，開完車頭痛腦脹的，原因無他，太緊張了！而對有興趣的人來說，開車可是一種駕輕就熟的事，是一種享受、是一種寄情，置身其中也是一種休憩，垂釣亦然。

就因為垂釣本身可以舒暢身心，忘卻工作上的煩惱；所以才有那麼多的人拋棄繁華吵雜，在假日裡把自我投注在大自然中，求取心靈上的孤寂而樂此不疲。有位朋友愛垂釣，曾有連釣經年的記錄，因此也發生過很多次少見的釣魚經驗，比如：有時只釣起一個活生生的魚頭，另一半的魚身魚尾皆不見了；又比如一釣鉤釣上二尾魚，且均勾住魚口；另有人曾釣到塑膠袋包紮的黃金，想來是走私者暫時拋棄在海中之贓物。

釣，是一種心靈上的享受，其實真正的愛釣者，志不在釣而在於品嚐垂釣時之挑戰與樂趣。

（刊1987.10.14中華日報）

冬陽

　　冬日午后，溫煦的太陽從雲端冒出，一下子就把北風的冷霜融化掉，也把金色光茫鋪滿了大地。我靜靜的坐在庭院裡，面向著和煦的冬陽，心裡溫馨多了。在這種冬天的早晨裡，如果窩在屋內，只有冷風如刀割。我看著媽媽多皺的雙手，一刀一刀默默的劈著柴火，浴著冬陽，操勞著。院裡的雞鴨舒展翅膀，「咯咯」、「呱呱」啼叫，爭相覓食，或許是飢餓令牠們振奮了精神吧！

　　時隔二十年的現在，已不時興以燃燒木柴作菜作飯，當年映著冬陽媽媽的身影，卻依然時常浮現心田，冬陽溫暖，媽媽的愛更加溫暖。

　　冬霜日，屋內有如冰窟冷颼颼的，風在屋外更是北風凜冽如刀割的。擁著棉被，賴著床的我，依舊冷得哆嗦不已不願起床。直要到冬陽爬過屋脊，照耀著庭院時，媽媽總是習慣的招呼著我說：「新仔，來曬太陽哦！」

　　這時我會不假思索的一躍而起，攜著矮凳子到庭院陪媽媽曬冬日。我是多麼希望見到溫煦的太陽，讓溫煦太陽浴滿我的肌膚上。

　　冬日沒有夏日的炎烈、炙熱逼人，冬日只是橘黃溫柔的情態，就那麼甜甜的微笑著撫慰大地，蕃茄葉上的霜露不見了，含

羞草上的霜露消失了，人們佝僂的腰桿也挺直了。

雖說寶島四季如春，春天可看到萬紫千紅，冬天卻沒有凍冰灑地；但對土生土長的人來說，冬天的冷溧，北風的呼嘯，依然會予人一種冬的滋味。不錯，在寶島的冬日裡，草木依舊綠茵遍地，只是老黃葉子多了一些而已。但在寒流來襲時，朔風、冷峻寒氣依舊逼人，尤其南臺灣無山險阻隔，朔風呼嘯而下更要叫人哆嗦。

揮別一串長長的鄉居生活移居北部，終年蟄伏在案上；雖有心曬曬冬陽，已無自由自在的心情，或許我心已老。我一直嚮往田園生活，總是這麼自我安慰著：有一天退休下來，我將回到鄉村過著荷鋤耕種的生活。其實，這種田園生活，無非就是嚮往著那種與天地共相處的生涯罷了！比如與冬陽共處，接受它的撫慰與賜予；比如鎮日聽蟬喧鳥囂；比如終日與松風濤聲為伍，把自我溶入天地之中。

我眷戀著童年的冬日。眷戀童年時的冬日，那真是一段令人永難忘懷的歲月。

（刊1987.12.06台灣晚報）

麻雀情

　　那一天清晨醒來，兩隻麻雀在陽台上吱吱喳喳聒噪著，我興奮地輕輕推開一小縫窗戶，但見牠褐灰色的身影依舊，小小的眼珠晶瑩剔透。

　　我確信牠們並沒有看到我，我就那麼樣一動也不動的窺視著牠們。牠們攀爬在欄杆上，小小的頭顱一點一點的，長與身軀同長的尾巴間雜著白色，吱吱喳喳的叫著，愉悅得抖動著，像極了不知疲倦的頑童，一刻也停不得的跳著、叫著、玩著、追逐著，那種怡然自得的神情，令我衷心欣羨。

　　小時痛恨麻雀，每見麻雀停駐在電線上組成一個個完美的原野音符，或者飛躍在藍天白雲間，我總是隨手拾起小石子或什麼的，恨恨的投擲過去。嘴裡還不住的嘀咕著：麻雀是害鳥，偷吃我們的穀子。雖然經常是打不中的，我依舊下意識的非要如此炮製一翻不可。

　　其實就是打中了，其力道那麼小，也傷不了牠的皮毛，祇會嚇得牠們四處驚竄而已。也不知哪來的那麼多的麻雀，在兩季稻米黃橙橙展現在大地上時，就有那麼上千百隻的、一群群的麻雀，一忽兒飛進稻田，一忽兒飛到電線上，看了就討厭。插秧的時刻裡，並沒有看到牠們的蹤影，就是偶爾看到了，也只不過是三三兩兩、零零落落的呀！

　　有時我挾著彈弓和一口袋沉甸甸特地挑選來的小圓石子，亮著搜索的眼珠，四下裡尋找牠們的蹤跡，不管是停留在電線上，抑或樹林裡，我照例將橡皮筋一拉瞄準方位一放，「嗦」一聲射向樹林裡。其實那是虛張聲勢而已，通常是打不中麻雀的啦。我的技術很爛，反而把樹葉打得淅瀝嘩啦亂舞一通！

　　村莊裡，經常有人在田埂上張著網罟，而後從遙遠的地方突然燃放一個響炮，把麻雀嚇得喪膽狂飛，四下裡逃竄，哪個時運不濟的麻雀往網上一衝，包準被活捉扭斷脖子，打牙祭去了。

　　當然，還有可笑的稻草人，穿著邋遢的布衫，站在稻田裡裝人嚇鳥。對於麻雀，我們是深惡痛絕的，因為麻雀爭奪了我們的糧穀。大白米飯，那可是在拜拜的時候才能吃得到的呀！阿誠不是說過：他盼望吃到大白米飯，就是沒有佐飯的菜餚也沒有關係嗎？平時裡，我們只有甘薯籤飯可吃。甘薯籤有時候還是擺久了發臭的，但為了裹腹，依舊不得不吞進肚子裡。麻雀是什麼東西！竟然糟蹋我們拜拜時才能吃得到的大白米，真是孰可忍孰不可忍！

　　日前從國小那邊的樹下走，我曾把一隻小麻雀捧在掌心帶回家。由於當時已是近午時分，小麻雀叫聲中飽含驚恐無依，又加四周不見母鳥蹤影，深怕小麻雀落單飢渴。

　　我掏了一點水和米，往小雛鳥黃黃的喙邊塞，可是牠就是抿著喙硬是不賞臉。雖然我曾在影片裡看過母鳥餵養雛鳥，雛鳥張大著嘴巴一副饞相的鏡頭；但牠就是不鳴不叫、不張嘴。迫不得已，只好把牠送給鄰居。那鄰居，他有鳥籠養著好多隻的九官鳥和百靈鳥，為了每天餵養鳥兒，他絕不出遠門，可見他愛鳥的癡

狂。我想著：他養鳥那麼有經驗有愛心的，一定可以養活這隻麻雀；坦白說，我也是把養活雀鳥的難題丟給了鄰居，以免自己手足無措。

打開落地門，我看到原先攀爬在鐵架上的麻雀，驚慌的一竄，就飛到對面樓上。門旁輕輕脆脆叫著的雛鳥聲，依舊吱喳不停，我猜著，一定有小鳥在附近。

我四面張望，並未發現雛鳥的蹤影。我又仔細的看了看陽台的地上，往昔我曾發現雛鴿掉落在牆角慌張跳躍，我猜想雛鳥的鳴叫一定也是在陽台上；可是我看不到，而這讓我非常的迷惑。那可真是「只聞樓梯響不見人下來」。我側耳一處處的傾聽，最後我發現那鳴叫聲是從冷氣機那裡發出的。我踩上凳子瞧瞧冷氣機上頭，一點也沒有雀鳥的蹤影。不死心的我，又順勢而下四處尋找，我發現冷氣機和牆面間的接觸點的空隙裡，露出少許的枯草，顯然的，這是麻雀的巢；憑著以往爬上屋脊探鳥巢的經驗，我可以如此大膽的斷定。

雛鳥的鳴叫，並沒有停歇；我又瞧了一眼，就關上落地門，沒有打擾牠。我想生物最快樂的生活方式應該是不被打擾、自由自在的生活，也就是免於恐懼的生活，其次才是免於匱乏。上班前，我又看到母鳥攀爬在鐵架上吱吱喳喳的，我又癡望了一眼，承仰著牠們所飄送過來的那份田園氣息。

過了兩天，當我下班，已是黃昏時刻。我又聽到雛鳥的吱喳叫，我興奮的探頭一看，原來尾翼未完全長成的小麻雀，正孤楞楞的蹲在陽台上，卻不見母鳥。我憂心著深恐母鳥已把牠遺棄。我想著，幸好我們人類社會有孤兒院、養老院的設置，可以收容

無家可歸的老年人和未能得到妥善照顧的嬰幼兒，免於顛沛流離，這是我們人類社會的可愛面。

我準備了一點米和飯粒，捉住雛鳥，把牠的喙按向水裡，示意牠喝一點水解渴。牠晃著頭，張開了嘴巴；趁此時，我把米粒塞進牠的喙裡。我不曉得牠是否吃了進去，童年裡聽人說麻雀養不熟的，麻雀被俘虜，通常會拒絕水和食物直到餓死。再不然，就是咬舌自盡。我不知道那是實情，還是由於麻雀偷稻穀吃令人痛恨，先人設下養不熟的說法，說是麻雀沒有人情味，以防「飼老鼠咬布袋」。

雛鳥就那樣的，在陽台的地上過了一夜。事實上有上一回的經驗，對於這隻小雛鳥，我只能盼望牠的爸媽早日回來照顧牠。次晨我又聽到母鳥攀爬在鐵架上，哦，原來牠的父母還惦念著牠，並沒有把牠遺棄。雛鳥開始學飛，飛的距離很短，總要分個三、五次才能飛完陽台這頭到那頭。如果母鳥把雛鳥放在外面自行生活，雛鳥包準活不了幾天。

我突然非常想念故鄉，十幾年來，由於公務繁忙以及生活疏懶，我竟不曾好好回去看看故鄉。或許是年歲較長了，也或許是那三隻麻雀不但勾起我童年回憶，並且啟發了我深埋心田那對故鄉的熱愛之情，我匆匆收拾簡單的行李直奔故鄉。

車到故鄉，新港，那是嘉南大平原上的一個小鎮。車子順著平坦又寬廣的柏油路，筆直的穿入小鎮中心。原本石子路上的風沙不見了，兩旁疏疏的木麻黃以及墨綠的芒果樹更茁壯了，綠油油的稻田依舊。待近故鄉，若不是標誌上明顯的寫著故鄉「新港」的名字，我真要誤以為走錯路了；滄海桑田呀，昔日斑剝的

紅磚紅瓦小屋，竟然都矗立成三、四層高的鋼筋水泥樓房。樓房前面都有庭院，處處植滿盆栽，嫣紅翠綠相輝映。

我回到了故居，庭前那棵二人合抱猶未能圈住的，曾是麻雀喜愛憩息的大榕樹已遭砍除了，在原地上則矗立成一幢寬廣的大廈。

麻雀少了，祇有電線上的幾隻而已。牠們一個勁兒在吱喳追逐，一如往日情景。我深情的注視著，心裡不安的禱著；但願這祇是如同往昔一般的只是剛播種時的情景。待稻穀熟黃時，那大批大批眾多的麻雀，還是會聚攏在這大地上，歡愉的歌唱著，生活著。

（刊1988.01.27中央日報）

曬穀場

其實那不該稱之為曬穀場的，那空地原是有蓬遮蔭的，只因二次大戰時失修，蓬子也已破舊不堪，乾脆拆了；因此太陽就直接照射到這水泥地上了。從早期的地瓜籤、稻穀，以至於後來的豌豆、落花生等，都曝曬其上，所以名其為曬穀場也不為過。

如果那片曬穀場，不是買進時就是水泥砌成的；在當時一無閒錢的景況下，是很難用洋灰在其上塗抹的。鄉下裡，幾乎每戶人家都有曬穀場，尤其是祠堂、古廟前，更是非有廣闊的曬穀場不可。這樣的場地，在廟會拜拜時就是觀轎過火的所在，平時裡則用為曬穀、曬地瓜籤用；但那些場地通常都是拓平的泥土地面，頂多用紅磚砌成。據說也有用牛糞塗抹在泥地上的，可以減少沙塵，這我倒是沒有見過。而我家的曬穀場，卻是離地面足有一臺尺高，不但底下鋪著紅磚，其上還敷滿水泥，平平坦坦的，舒舒服服的，這倒是一個異數。

稻穀成熟時，父兄把田裡的穀子，用牛車「車」回家，我們就把穀子平鋪在曬穀場上；而後用拖把把穀子推成一壠一壠的，就著太陽曝曬，稻香就洋溢了整個場子。我拖個小板凳，坐在場邊監視著歡欣鼓舞躍躍欲動的雞鴨群，不讓牠們越雷池一步。當然啦，穀子是那麼的值錢，平時裡我們都難得有大白米飯吃的，怎能浪費穀子餵雞鴨呢？

　　稻穀成熟時，總不知從何處匯聚來一大群一大群的雀鳥，叫囂飛竄在原野上，有時還會築巢在屋瓦間。雀鳥有時太囂張了，竟然從屋頂上不作聲的飛速的撲翅而下，見我瞪大眼珠的守候，一聲的「吆喝」，才會驚慌逃逸。

　　媽媽不時翻動著穀子，讓埋在底下的穀子也能上來見見太陽，好早一點曬乾，早早收藏。有時運氣不好，近午時分，天一暗，西北風就來了。這時總急得我們搶著把穀子收進屋裡，堆置在客廳或臥房裡，免得穀子淋了雨、泡了水發芽。臥房裡也可堆穀子，係因床為高架且僅利用室內的一半。若看不到天黑雨來之勢，未能及早通知在廚房裡忙著的媽媽，待西北雨嘩啦直打著曬穀場時，那時再搶收也已來不及了。眼看雨一滴一滴的直射進稻穀裡，發出「嗤嗤」聲，總惹得氣急敗壞的媽媽，一面慌裡慌張的收拾著穀子，一面責備我：「也不早點叫我！」，其實我哪會知道台灣南部的西北雨，是下的如此的急驟，說來就來。那時，我只得埋首幫忙搶搬穀子或豆子，不吭聲的，誰叫自己那麼不經心，沒有警覺性。

　　若是曬的是地瓜籤，那就更糟糕了，不消一夜的功夫，經雨淋濕過的地瓜籤，如果悶著不動，就要散發出腐臭發酵味。就是嗣後曬乾了，顏色也會變成褐黑色，不若陽光好所曬出的那麼的帶一點甜味，那麼的雪白。所以在曬地瓜籤時，反而要更加的小心。雖然地瓜籤的價錢不及稻穀或米價，但地瓜籤如果不幸淋了雨或者天候不佳，我們只得吃發霉過的褐黑的地瓜籤一整年了，而這也會隨時引起抱怨！

　　曬地瓜籤時，媽媽更忙了，每天天色未亮就要刨地瓜，經常刨到曬穀場曬滿時，太陽早已爬到頭頂上了，這種情況一連要好幾天。看著媽媽熟練的技巧，我常常自告奮勇的幫忙著，直到有一天我把指甲也刨掉了一片，鮮紅的血卻把我嚇壞了。自此不管多細心的刨，當地瓜越刨越小時，我就冷汗直流，一直到現在刨任何東西時，總還是會留下一大塊就不敢刨了！

　　曬落花生和豌豆時，那是最快樂的時光了，當落花生或者豌豆成熟時，媽媽總會煮一些新鮮的、帶殼的落花生，或者炒一些豌豆給我們吃。其實二者都可以水煮、乾炒的。一般來說：水煮的清香可口，帶點穀物的甜味；乾炒的則清香酥脆，令人愛不釋手。有時吃不過癮，點把火就把帶殼花生或豌豆，丟入爐火裡燒，然後就著碳灰裡揀著花生或者豌豆吃，也別有一番風味。

　　曬穀場除了曬穀物之外，還有一個作用，那就是當明月照大地時，一家人經常各自搬來一張板凳納涼、磕牙。那種悠閒的農村生活歲月，回想起來還是多麼的令人嚮往呀！可惜於今兄弟各奔東西，就連過年過節都難得全部聚會，何況是每日晚飯後的磨牙聊天哪！

（刊1988.11.15台灣日報）

動
植
物

蟑螂・螞蟻・蝴蝶

蟑螂

蟑螂，蟑螂！老婆高聲叫著。不要嚇了牠，我壓低聲音制止。她一向對蟲呀，螞蟻呀，蜈蚣呀，蛇的等等「虫」字旁的東西，都是又討厭又害怕的。心理學上說：這是恐懼症。我並不以為然，只認為她只是對蟲子之類的東西較敏感而已。如果哪時臥室裡，跑進一隻蚊子、蝴蝶什麼的，她穩睡不著；除非那隻蚊子或蝴蝶之類的東西，在我的數度追蹤，雙手凌空的一拍，拍死在手掌上，而且還要給她瞧個仔細，看看「死蚊子」確是打死了，她才安心。

我慢慢躡足走過去，抓個軟拖鞋，再躡足走到門邊。然後一手把扇門慢慢的開啟，深怕嚇著了牠，亂竄亂竄的竄進隙縫裡而找不到牠的蹤影；另隻手則適度的曲著手腕，把拖鞋高高舉起，而後慢慢的曲腿蹲下，瞄準蟑螂頭部，不偏不倚，不輕不重的拍了下去，再馬上把拖鞋提起來，這時只見蟑螂或者斷了頭或者被打得暈淘淘的紋風不動，或者四腳朝天手足亂舞，然後抓幾張衛生紙，把牠一壓一捏的，往垃圾袋一丟一封口，就這麼輕而易舉的解決掉了一隻蟑螂。

兒子正值模仿性最強，自信心最強的五、六歲年紀，他看過

我好幾次打蟑螂的表演後，竟也模仿我，很自負的想嘗試嘗試打
蟑螂的滋味。所以有幾次，老婆一叫有蟑螂時，他就毛毛躁躁的
跑去拿拖鞋打蟑螂；可惜他學的盡是表面，精髓一概不管，每次
不是因為自己蹦蹦跳跳或者瞄不準，或拍打太輕，而把牠嚇得慌
裡慌張的躲到衣櫃櫥子等夾縫中，再不然就是用力太猛，而把蟑
螂打得成了肉醬，污染了地板，而這都不是打蟑螂，打到爐火純
青之境，所該有的現象。

　　記得有幾次在報章雜誌上，看到打蟑螂的文章，作者總說最
喜歡聽那種把蟑螂踩死或打死時，蟑螂肚皮破裂所發出的清脆的
「ㄗ」聲，而且非得把他踩個稀爛，血肉模糊的不可。竊以為，
對蟑螂如此的處置，也未免太過於殘忍了，打死牠的目的已達，
又何必踩個稀巴爛，真是太不厚道，太不合中庸之道了。

　　自從那幾次兒子打蟑螂，其效果不彰以後，老婆再叫有蟑
螂時，兒子是不敢再魯莽造次了。他僅是靜立作壁上觀，注意牠
的行蹤，協助我指點行蹤；也因此，每當我打死一隻蟑螂，老婆
總是稱讚說我是「打蟑螂專家」。對這稱號，我委實不樂意接受
的，想想什麼專家不好當，比如：電器專家、企管專家、電腦專
家等等的，有那麼多種的專家，哪一種不好當；甚至是打老虎專
家，也是夠令人羨慕的了，至少老虎人人怕，人人不敢打，所以
誰敢打誰就是英雄。水滸傳裡的武松打虎，那是個多麼的令人讚
嘆的事呀；至於這打蟑螂專家，想一想就有一點窩囊，就家裡的
幾個人來說，除我老婆怕蟑螂以外，我兒子那麼小小的個子都不
怕牠，而且蟑螂不用打，用捏用踩都可置這手無寸鐵，也無縛雞
之力的蟑螂於死地，有何英雄可言？但說歸說，打還是要打，如

膽敢不打蟑螂，那就是自討老婆的打；所以只得在老婆或者兒子
學會如何好好的打牠之前，在後繼尚無人的情況下，我還是只得
姑且權充「打蟑螂專家」了。

　　當然，以上所述是在發現一、兩隻蟑螂的情況下有效。
若果一下子有好多隻同時出現，那我也無法好整以暇的了。記
得有次負責一個餐廳，那裡的環境是房子老舊、有許多的結構
都是木頭做成的，而又有一大堆的地上管道，地下暗溝、暗管
的縱橫交錯著。此外還有的，就是終日餿水滯留，總是洋溢著
一股腐臭味。接管餐廳時，其前一個月，尚未注意到蟑螂之
為患；也就是說，蟑螂還沒在光天化日之下出現。沒有看到蟑
螂，事實上，或許也是因為我很少進廚房看，而可能因之失之
交臂，發現不到有蟑螂的蹤影。何況蟑螂大概都是在下午或者
晚上打烊後才敢出來覓食，而下午的時間，正是我在櫃台會同
其他工作人員清點餐廳收入之時；而在晚上的熄燈，則又是我
趕著回家的時候。我所以趕著回家，一者因為我已為公家賣命
十二個小時，總該早早回家，陪陪家人的；再者我也不會熄了
燈又折回去的，以免別人認為大家都下班了，自己又折回去，
是不是有圖謀不軌的嫌疑；三者我也沒有廚房的鎖匙，所以大
伙一起走了之後，我是不會再回頭的。

　　當年至餐廳工作，係因主管被大主管責備沒辦好；主管才調
我去管理。主管說：「你考慮考慮，你答應也要去，不答應也要
去。」所以我就被趕鴨子上架去履新了。當年管理餐廳，我從三
方面加強管理：亦即採購、出納及廚房，務必防制浪費與貪瀆，
並將一些不能為外人道的事堵住。在當時的種種情況下，個人即

對有些人之態度予以鄙視，瞧不起他們的作為。我如此的為公家賣力，將用餐數從一百五十人提升到三百多人，將營運從虧損提升為盈餘。而原餐廳的員工來訪，我也是自己破費買單付錢。由於菜色與價格合理，用餐人數增多，反而被指責大排長龍浪費用餐時間；但至少能吸引同仁用餐而毋須在外打食，費時費錢，兼且營收已超過成本與收益平衡點，因之而月月有盈餘，也節省了福利金的花費。

可惜別人幹了一年下台，雖然用餐人少，菜色風評不好又虧錢，卻能即予升官調職；而我幹了一年半，更失去一位親人，雖然當年我的考績是公司裡的最高分數，晉升反而是沒有我的份。或許是我拒絕白手套的賣官吧，對賣官的叫價充耳不聞，聾子一般的。此為對職場部分從業人員操守不良的第一次反彈與鄙視，但我只在心裡為自己受到如此的待遇叫屈而已，我依舊奉公守法，努力工作，至少一、二十年未與人提及那件事。

那時還有所謂的官，建議我既然我那麼會管理餐廳，不如辭職自己開餐廳賺錢好了。當時我所以沒有棄職從商，一則沒有資本，不敢闖蕩江湖，不敢冒險，又加職場福利餐廳與自負盈虧的私人企業，其實在其管理上仍是有距離的；再則當時是有反商情結，也就是鄙視從商，總以為從公為政府為百姓服務較為高尚。閒話一堆，就此打住，言歸正傳。

後來，開始偶然見到蟑螂一、兩隻在地上爬來爬去。當時，我仍未在意，想想蟑螂、蝨子和人類相處共同生活，少說也有數千年的歷史了，僅只一兩隻蟑螂的爬來爬去，又何必介意，何足掛齒。

　　可惜，過不久，我開始可以同時看到好幾隻蟑螂了。這時我仍無動於衷，直到有一天早上，我看到牠們竟然大搖大擺的在配菜檯上踱方步時，我才感到事態嚴重。當天下午，我趕緊去買了殺蟲劑，趁中午休息時，在廚房各處噴灑了一下，只見有些蟑螂當場挺挺身、伸伸腿，四腳朝天嗚呼哀哉去了。等各處噴好，我把門一掩，過不了一、兩個鐘頭，當我回到廚房，把燈打開時，哇！我的媽呀，那些蟑螂到底有多少隻呢？簡直可以套句俗話說，是多如繁星，是多如過江之鯽，是多如牛毛。

　　在整個的地板上呀，配菜檯、瓦斯爐上呀，統統佈滿了蟑螂。我再低頭一看，較隱閉的配菜檯下及木櫥櫃下的蟑螂，更是多如汗毛充棟。簡直一個個互挨著，排列著，我清掃了一下，足足有兩笨斗那麼的多。當時可真把我嚇壞了，何況掃不到的地方還隱藏不少的蟑螂。對這種情況，我只能感到臉紅與內疚，還有的是訝異，白天只看到一兩隻而已的蟑螂，誰知藥劑一噴，竟噴出這麼的多，真是應驗了一句話：看不到的敵人更多。

　　外國的月亮不一定比我國的圓，不過那位寫〈老外開洋腔〉的何瑞元，所提到的一句話：外國是整體清潔。我倒是舉雙手贊同的，我們除要烹調美味之外，還要保持內外環境的衛生，否則如我所見過的那個廚房，表面上是打掃的很乾淨，隙縫、櫃下及牆角邊只有蟑螂一、兩隻，其實暗地裡何止有千萬隻藏著的情況呢，這是該多麼令人寒心啊！

　　記得香港鬧蟑螂患之際，有報導稱：有人大肆刊登廣告，自謂有抓蟑良方，很多人依言匯款，但僅獲該人函覆稱用手抓，匯款人乃以詐欺告之，卻經法院判決無罪，判決理由是「不失為方

法之一」。對此報導，筆者以為，該良方確有待改進，建議用手抓的「發明人」，將來似可推出新發明，那就是：用拖鞋打。

螞蟻

　　小時對螞蟻開始注意，好像是因為課本裡有讚美螞蟻是多麼分工合作，可以合扛好大的東西開始，這確實是教育的好題材，藉螞蟻的團結合作，教育人人要合群、要互助合作；但若果有天，螞蟻窩住進了家裡，那就不是好玩的了。

　　記得住五樓時，距地面少說也有五、六公尺高，用螞蟻的身長來排列，說不定得用上幾千萬隻的。本想這下子可以和那卑微的螞蟻拒絕往來了，哪想得到有天拖地時，突然發現在兒子掉下的小塊餅乾旁邊，圍了一圈黑黑的東西，經仔細的瞧瞧，不禁大吃一驚，竟然是卑微的螞蟻，是我所輕忽的螞蟻。牠們竟頭朝著餅乾整齊的圍了一圈，似在興高采烈的享用餅乾屑，再往四週瞧瞧，還有一條以屋角隙縫為起點，直延伸到外牆的螞蟻行軍隊伍，正浩浩蕩蕩的開進屋裡來。這，這，這可不是螞蟻在搬家嗎？怎的搬進了五樓，它們是怎麼樣的上得了這麼高呢？牠們要爬多久呀，我不禁訝異不止。

　　當然，我心裡一急，用腳就順著螞蟻路跺下去。有些螞蟻被踩死在地板上，有些則驚慌四竄，散滿了整個地板或者爬上我的小腿、大腿的；那癢癢的感覺，使我心裡發毛，我不禁打了一個又一個的哆嗦。可憐，我這麼大的一個人，竟然也因

為螞蟻上了大、小腿而打顫，真是丟臉。當下急急用手把爬上小腿的螞蟻捏死，然後拿一條溼毛巾用力的在地板上又擦又壓的，把看得到的螞蟻，通通擦死在毛巾上，我心想這下子總該是把螞蟻殲滅了吧。

沒想到，隔天早上起來一看，那昨晚留置在桌上的剩菜或者瓦斯爐檯上，還有泡在水盆裡未清洗的碗筷上，通通爬滿了螞蟻。牠們正在那裡偶然的仰仰頭，想來正是在享用早餐吧。我把鍋蓋打開，把開水壺打開，不禁又大叫：我的媽呀，那湯上，那開水上，竟然也浮滿了一片赤黑的螞蟻，是否因為貪吃，掉下淹死呢？當下趕緊把可沖水的碗筷再去沖水，可擦拭的再去擦拭，直忙到來不及上班，而遲到了。

似乎昨晚的戰果不佳，沒把牠們完完全全的殲滅，否則怎麼突然又跑出這麼一大堆的螞蟻呢？我轉頭看看外牆，並沒有螞蟻在爬上來。我思索著，牠們必然是昨晚就住進來的，而且是還躲在某個屋角或那裡的隙縫裡，當下又趕忙拿了一條強力膠往洞口就灌，只想把隙縫的洞口封住，把牠們的手腳黏住，讓牠們走不動，出不來。

可是，不幸得很，螞蟻依然到處在爬，似乎強力膠不夠看，不能把洞口好好的封住，或者因為螞蟻不怕強力膠，反正牠們是一直沒斷根，這大概還騷擾了好幾個禮拜。後來，正巧妻在超級市場買了料理台用的錫箔紙，那本是黏貼隙縫防漏水之用的，那時我靈機一動，螞蟻是住進來了，趕也趕不走，抓也抓不完，何不把洞口封住，讓牠們出不來，看牠們又沒有吃的又沒有喝的，可該怎麼辦！

　　很幸運的，自從用錫箔紙把洞口封住以後，我就看不到螞蟻的蹤跡了；我禱告著，但願這一來可以一勞永逸了，不用再捏死螞蟻了，除非牠們又再一次從外牆爬上來。

　　記得有次，妻看到我在捏死螞蟻，她說：「別打，別打，螞蟻打不死的。」當時我就認為，那必然是她的嘗試經驗的方法有誤。鄉下地方，如果在泥地上用拳頭打螞蟻，軟土軟軟鬆鬆的，一拳打下去，泥土就凹下去了，而螞蟻也被擠進泥土裡，過一段時間，它甦醒過來，自泥巴裡脫身，其身軀還是好端端的，一點也沒有受傷，當然還是可以搖搖擺擺的跑掉了，再不然就是她是聽人說的，而以訛傳訛的留下這種不合理的觀念：螞蟻打不死。

　　可見一個人在學習過程上，要學習正確的觀念或理念；萬一學錯了，假知識進了腦袋，要改就不那麼簡單了，學子能不慎乎。

蝴蝶

　　常常在文藝或者工藝、繪畫等作品上，看到有蝴蝶當陪襯或當主題，其表現出來的，都是一種飄逸的形象，這種觀念逐漸累積的結果，自然對蝴蝶深具好感。

　　固然，蝴蝶有豔麗璀璨的外形，還有飄逸的形象；但其前身的毛毛蟲，可就不是好玩的了。記得小時的老家門口，兩旁各種一株鳳凰木；每到初夏，滿樹都是鮮紅的鳳凰木花。此時，即有豔麗璀璨的蝴蝶飛舞其間，煞是好看；但當我偶而經過其下時，

竟會有一、兩隻毛毛蟲，掉在我的手腳上。待發覺時，那被爬過的皮膚上，自是深感奇癢無比，並且紅腫了起來。這一驚，才把毛毛蟲急急拍落地上踩死，這種毛毛蟲可真是豔麗，不只全身有斑紋，而且背脊上還長滿一排的茸毛，那茸毛配合著斑紋而有棕色、赤黑或者鐵灰色，直如鳳凰木花般的鮮豔。

其後在山坡的柑橘葉上，又看到一種毛蟲，原為鐵褐色，脫皮後即成墨綠，渾圓的成蟲。這種毛蟲，一經受驚，其頸上即吐出兩支赤紅色的管子，並吐出奇臭無比的的異味。若是成蟲將變蛹的話，那吐出的惡臭更足可散發到三、五步方圓之外，常使聞之者掩鼻而逃或者作嘔。

蝴蝶就是這類毛毛蟲所變成的，誰知道其前身，那毛毛蟲的長相是多麼的令人討厭，並且還有害經濟作物哪。

我觀察了蝴蝶與毛毛蟲之間的關係以後，對於人之做事，倒得了一個啟示：那就是做毛毛蟲時，要默默無名，儘量充實自我，涵育內在美，有天才會變成一隻璀璨的蝴蝶，可以自由自在的飛舞在花叢、野草上。

（刊1982.03.17自立晚報）

青笛仔

　　老家四周都是庭院，處處生長著喬木、灌木的。一陣風吹過來，總把樹葉和樹枝吹得沙沙作響；同時，也引來各色各樣的鳥：如班鳩、白頭翁等，飛躍其間，甚至偶而會有老鷹、烏鴉、喜鵲、鷺鷥和紅面鴨棲息。紅面鴨其實是別人家餵養的，但在秋天裡，其羽毛豐潤時，常會偷偷飛走，離開了鴨寮。

　　在各色各樣的鳥中，以麻雀和青笛仔的數量為最多。麻雀，大抵飛翔稻田或草原上，所以老家的樹林上，就常成了青笛仔的天下，牠們常常在樹林中一呆就是一個上午或一個下午。

　　青笛仔又叫綠繡眼，身軀小巧，比麻雀猶有過之，羽毛深綠，光豔奪目，眼圈上有一道白眼眶，在樹枝上吱吱的叫著，聲音又短促又小，好像有著無限的怯意一樣，憑添一份鄉村的野趣。

　　記得小時的青笛仔，數量很多，有時一群就有三、五十隻，甚至上百隻的。當牠們一起在樹枝上跳躍時，其色與樹葉相近，尋其踪影還真要費一番眼力的，而若有一大群在樹上，那更只見樹葉枝椏處處振動，令人目眩撩亂而不見其踪影。

　　青笛仔不僅飛舞於大榕樹、苦楝、相思樹以及銀合歡中，尤其更喜跳躍於我家溝邊的兩棵鹿仔芬樹上。

　　鹿仔芬樹葉呈黃綠，有白色茸毛，且散發一種特殊的味道，

形同青辣椒一般的豔紅，其果比小拇指頭還小，如成串龍眼。當果實成熟時，其綠色外皮會爆裂如石榴，而裸露出一粒鮮紅的籽來；這時更是不時的，會飛來一群又一群的青笛仔，跳躍其間，攫食其果子。

哥哥嘗以鳥籠捕捉，最初是用香蕉為餌，效果不佳，只偶而捕獲一、兩隻而已；至於捉到的青笛仔，當時怎麼處理的，已不復記憶。

但，我只記得有一次，哥哥心血來潮，用成串的鹿仔芬果子，把其外皮剝開，裸露其鮮紅色的果子為餌後，不到一個上午，竟然就捉到五、六十隻了，有時還是同時捕獲兩隻的。

我們把青笛仔，統統關在鐵籠裡，只見牠們驚慌失措，不時的揚起翅翼，像要凌空飛翔。我們用香蕉餵食，牠們不要吃；我們把鹿仔芬樹的果子放進籠裡，牠們也視若無睹，這真使哥哥束手無措，不知如何是好。

不久，青笛仔個個筋疲力竭，羽毛脫落，顯得奄奄一息的落魄模樣，而且仍是不思飲食的。這迫得哥哥沒辦法，最後只得把牠們統統放走，讓牠們重新飛翔在空中，跳躍在樹上；本來說要把牠們賣給鳥店的事，也作罷了。

至今想起青笛仔，我就想起那一次用鹿仔芬樹的果子誘捕的事，以及牠們被關在鐵籠中的驚恐無依。我在想：屬於天地之物者，仍應還諸於天地，牠們才會活潑快樂，才會點綴出大自然的喜悅與樂章。

（刊1982.03.24台灣日報）

樹

　　一樹梃立於原野，乃搖落一地的清新；樹，以碧綠直指大地，乃醒覺四季盎然的生意。

　　看山在遠方，看湖在近旁，看溪水的淙淙，看飛鳥在藍天翱翔；樹把寧靜與安謐滋長。

　　樹是一片風，樹是一頁景，樹是無盡的希望，樹是清新，樹是盎然生意。如果樹把都市遺忘，都市將只有柏油的燥熱，只有高樓廣廈的土灰，而沒有綠意，沒有詩情畫意；都市將只有市儈的追逐，酒色財氣的腐敗，人人橫眉豎眼，不知何謂自然，何謂山水，何謂樹。

　　樹是清新，樹是盎然生意。如果樹把鄉村遺落，鄉村將只有裊裊炊煙，只有綠草如茵，固然仍是一片美景；但將缺少飄逸的葉，藍天將不再亮潔，欠缺高梃的幹，而無法襯出大地的慈懷。

　　樹以幹表彰大地之母愛，樹以葉襯托藍天白雲之清爽。樹呀，是一片景，一片生動寫意的景。

　　　　　　　　　　　　　　　　（刊1982.10.27中央日報）

偶見麻雀數隻

走過愛國西路，偶然看到五、六隻麻雀在紅磚道上跳躍的當兒；一股雀躍油然而昇，那是一份深具鄉村野趣的猛烈撞擊，撞擊我久已塵封的心坎。

固然，愛國西路算是台北較有樹木草地味的地帶。兩旁機關林立，在廣闊的庭院裡與人行道上，處處有花木扶疏的蹤影。甚至快慢車道間，也有林蔭夾道，不像別處的馬路上，車道裡只有一線線的水泥磚，用來劃分快慢車道，甚至光禿禿的，只在柏油路上劃個白色虛線的。

佇立道旁，我深深的注視著這些無憂無慮的雀鳥：牠們有的在互撲逗玩；有的在道上忙碌、快速的跳躍；有的亦步亦啄，而且喧鬧出連綿不斷的吱吱喳喳聲，似乎在人煙稠密的大都會裡，自成天地。

生活在這大都會裡，每天趕車上下班，每天汲汲營營於工作，竟日裡所見，均是灰灰的樓房，毫無生氣的柏油路；偶有樹木佇立，也僅有塵埃瀰漫其上，顯露無限的疲態，那能見到有雀鳥跳躍其間呢？

在久不見雀鳥把飄逸的羽翼展現在蒼穹裡，不聞雀鳥把歡愉的歌唱灑佈天地間的當兒，毋怪偶見雀鳥在紅磚道上時，我那蒙著塵埃的心靈要為之悸動。

　　這些雀鳥仍是土灰的形象，一如當初在鄉間時。記得雀鳥在金黃稻田裡，上千百隻的飛翔啄食時，以其盜食了農人辛勤耕作的稻谷，也因之雀鳥在鄉間裡被視同過街的老鼠，而處處有嚇鳥的稻草人；時時聞到打鳥槍聲，一種用竹節裝黑色炸藥以空爆驚嚇雀鳥的裝置的叫囂抗議；甚至孩童以彈弓的獵取，或者佈上網罟捕捉。但今日得見雀鳥安適的跳躍在紅磚道上時，存在我心裡的，竟然只有愉悅、興奮與親切，一如異域裡邂逅鄉親。

　　遠處車道上，車馬如織，這群雀鳥猶如未覺，仍一逕自顧自的在喧鬧。牠們撲著翅跳躍著瘦長的腳，把足痕輕輕的抖落在道上。

　　突然，一個陌生人急急踏上紅磚道，朝著雀鳥所在的地方過來。他無覺於雀鳥的閒適，快速的，用細碎急促的步伐撼動著紅磚時，我就感到一陣失落，不言可喻的，他一定是在為上班打卡而忙碌。

　　這時雀鳥一個驚嚇，紛紛飛奔隱入庭院中那些被修整得圓圓整整的榕樹叢裡，不見了蹤影。我定睛搜尋，但只見榕樹上的枯葉，被雀鳥撞落了幾片。

（刊1983.01.27自立晚報）

林蔭

當我們為行程長途跋涉良久；當我們為生活在田園裡賣力工作良久；當我們為建一間遮風避雨的茅舍工作良久，晌午時刻，我們通常把工作的意念揚棄，而後潛入林蔭之中，去享受一份工作後甜美的休憩，去聆聽蔭中蟬嘶鳥鳴，去傾聽林外山澗水流的低唱。

林蔭或為一株巨榕，或為一株高聳的木麻黃，或為一株繁茂的芒果樹，或為一株愛笑的蓮霧；用纖細的葉，用扶疏的葉，用巴掌狀的葉，密集的交織成一片蔭涼，織就一個自足的世界。

在匆促的世界裡，在夏日陽光的肆虐下，在風吹雨打中；林蔭總是無畏的拿起一把慰安的傘，讓行旅和農人在蔭下編織自足和快樂的夢，養足精神等待下一個時刻的衝刺。

在林蔭中，我們常可回顧往昔，回顧歷史；林蔭會告訴我們，它的滄桑，或者告訴我們一個長遠的故事。有時是英雄豪傑的偉業，有時是貞女烈婦可歌可泣的殉節事蹟，有時是一個小工人的刻苦生涯；而這一些都是林蔭成長的滋養，也化成樹的年輪流傳下去。

或許一個林蔭，只是宇宙間的一粒砂，一粒微不足道的砂；但在長久的站立中，林蔭總是堅持著自足的愛心，無償的交給過

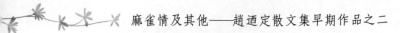

往的行旅，以至於林蔭就譜成了一則令人懷念的回憶。

當我們在人生旅途的奔波中，偶而走進林蔭裡休憩並且自我思考反省；或許在休憩與思考反省之中，我們會憬悟領會良多，而且我們可以更有衝勁而更自足的到達下一個驛站。

（刊1985.04.08商工日報）

都市裡的一枝楊柳樹

原本傴僂的楊柳，更加傴僂了。那落寞佇立都市一隅，以黑褐之軀抓緊一小片天地的楊柳，或許駝負不了長時間裡的油塵，或許驚慌於無時無刻吵雜不歇的市囂人聲，但見它垂首更深垂，褐棕之軀更褐棕。

傍高樓廣廈，奮力爭仰一小片冬陽不得，不知身軀渺茫。依傍污染，乃知惡臭熏天地。許久以前的夢幻了，惟仍常回顧於晏息之夢裡，回歸至湖濱，悠閒憩立，聽鳥唱花爭放，看鳥飛草長嚎，只可惜悠閒意境恰似昨日黃花，早已凋萎。

囁嚅無語，是哀嚎昔伴的失去，還是惦念昔日的天地。

漆上半樹幹的白漆，仍掩藏不了日漸形消的雍容。都市的塵泥與囂張、汙穢，正腐蝕其歡笑與笑意。昔日健壯的琥珀色，今日卻成斑剝褐黑。昔日翠綠之柳條柳葉，一伸手即可盈握歡笑與健朗；於今只有塵埃探訪，以及油煙瀰漫。楊柳樹乃失落清新，不再碧綠。

俯首沉思，即已被置於都市一隅，昔境不可期，乃驚覺處身這片小天地，應多加憐惜。人聚之城，仍可挺立，仍可相與，只但願管制油塵噪音，復回寧靜與安謐，這天地仍不失為好天地，足供萬物共有共生息。

（刊1985.09.16商工日報）

茉莉花

　　跨向長長的石階，未及半途，一陣馥郁的茉莉花香就迎面襲來。我翹首上望，但見石階兩旁都是高大的松柏，獨不見茉莉花蹤。正自猶豫，不經數分鐘里程，果見小山上的人家，有籬笆築成密密的庭院。籬上牽牛花到處攀爬，已快把一整排的竹片完全遮掩；園裡花香更濃烈，朵朵茉莉花在微風中相擁相擠。

　　我探頭一看，茉莉花在叢綠深處點綴著累累蓓蕾，有些花瓣上依稀殘留霧淚，狀甚嬌美。新陽由枝椏間灑落，片片段段的落滿我周身，在長長的石階上殘留幾片繽紛的雪白，那是早熟的花信告訴我，茉莉花在眼前。

　　春雲伴霧氣，夏雲攜霏雨；六月裡的茉莉花卻趕著釀造馨氣，慷慷慨慨的展示著芬芳氣息。它們沒有盆栽的嬌生慣養，也沒有荒郊野外花草的紊亂無章，它們是在山嵐霧氣裡，長出婷婷玉立的花姿，以及飄逸婀娜的氣質。

　　為摘一樹綠，一鳥鳴，一泉瀉，我從城市裡走出來，走向碧綠的原野，或者走入抒情的河流，走進和穆的山林，急切的抓緊每一片的大地，海風、潮音、霧氣，冀望擁有一整片的天空而跋涉，且不以為苦。

　　三月是杜鵑的天下，九月的寒風已然帶有些微涼意，只有六月才是茉莉花開的好季節。而今我有幸造訪這山、這小屋以及

滿園茉莉花，在一段長長旅途的勞累之後，對這小屋旁的茉莉花香，我已然萌生感恩情思。

曾不斷歌頌無涯無際的青綠與蒼翠；但對茉莉花的純潔與馥郁更是眷念。茉莉花是小仙子，只要有茉莉的花蹤，大地便豐盛香郁起來了；不管是在暗淡的燈下，在破碎牆瓦間，在扭曲的岸旁，即便是一條幽暗的巷衖，一片低矮的簷角也不例外。

茉莉花是葉綠花白，在各式各樣的草草木木的滋長中，茉莉花經常是傻生傻長的就把周圍香了起來，香到令人感到溫馨與陶醉。

那屋宇，雖然是在山腰間，但並不是陽光普照的地方；因為周圍遍植著高聳入雲霄的松柏，而松柏把陽光一寸寸的攔阻了。即便如此，我並不覺得其屋宇陰森冷冽，因為在這屋宇裡、在這園子裡，飄盪著的茉莉花香，令我醺醉，而且覺得大地真是豐厚無比。

我推開竹籬，唐突的希望見到茉莉花的主人；毋寧如此的說吧，我是希望見到園中的茉莉花。

（刊1985.10.28商工日報）

木棉

忘不了妳那細細瘦瘦的枝幹，所吐露出一臉的無奈、孤寂與蒼涼；就只那麼輕輕的一瞥，在車水馬龍的柏油路旁的紅磚道上，我就驚心於妳那抓向天空無助的枯枝和抓緊大地灰褐主幹的形象。

幾枝百十年的茄冬樹，依然流露出厚實的墨綠濃葉，在嚴冬之後的春季裡；而妳卻急不可待的，在料峭的東北風裡，就把葉子賣個精光了。我一再責備妳的過份、任性與擔憂，妳卻依舊喑啞著嗓子，不聲不響的在整個冬季裡把自我坐成老僧入定，而不知為何譏諷與指責。

風曾規勸過，雨曾疏導過，仍沒讓妳在整個冷風蕭索的季節裡甦醒。有人說妳是醉臥夢中，有人說妳忘了自我，而我卻不敢相信那一頁苦澀的事實；妳突然了卻了生意，自始至終的闔上了眼皮，在十二月的季節裡。

二月了，春神帶來嬌嬌滴滴的嫩黃和鮮綠色，陽光下流盪著清新脫俗的氣息；山在笑，雲在笑，整個大地都騷動在歡悅裡，失落已久的年輕似乎又悄悄重回了人間。我緊咬著牙，把一陣澈心的疼痛喚醒，我知道我一直沒有遺忘過妳，在孤寂的冬夜裡，而妳卻把自我遺忘而且依然憔悴著。

　　山澗水涯傳來童稚的無憂無慮與歡愉，在二月天裡，我不禁懷疑妳是否真的走遠了。妳曾說過要為生命歌唱，直到永遠永遠；而今二月春神降臨，妳卻依舊不醒覺，猶自沉沉睡去。

　　三月的嘆息是無聲的，只因萬物都綻開了動人的笑靨，真心的在歌唱成長的喜樂；惟獨妳依然瑟縮在紅磚道上。直到某一天，我忽然發覺在妳細細灰褐的枝椏上，不經意的竟隆起一個嫩苞來，我這才醒悟妳猶有一息尚存，妳會很快的再度挾起五弦琴彈奏一曲生命之歌。果然不過幾天光景，當我仍然沉溺在妳醒覺的歡悅裡，當我走過紅磚道上，就見妳又已滋滿一頭鮮紅色，把厚實的花瓣無畏的旋個轉，亭立在藍天白雲下吟風誦月。

　　踩著光燦的身影，妳高傲的走進多皺的三月喧鬧的季節。妳不愧是天地裡令人側目的一粒音符，在百十公尺之遙；我依舊免不了偷望妳亭亭玉立的倩姿，依舊是那麼光鮮豔麗！

　　有細碎的音符抖落在我心頭，我不禁讚美著妳的容忍，把生機隱入枝幹裡，在唇寒齒顫的季節中；而這不是一種畏懼、退縮，這原是為來日的芬芳與豔麗而自謙。直等到三月天到來，妳就爆出鮮紅的花蕾、花瓣在萬綠叢中。且當妳乍然降臨，所有的讚美、欣羨就都齊聚在妳身上。呵，謙沖本為來日的榮耀，緘默原是明日的雷響，木棉花呀，妳是一朵天之嬌子！

　　　　　　　　　　　　　　　　（刊1986.08.20大眾報）

山水與野外

四月‧白鴿子似的日子

四月駕著白鴿子，從遙遠的地方來臨了，一份碧藍飄然抖落湖底。

湖邊的柳絮更青，湖畔的野草更綠；垂釣的人兒呀！席坐於柳蔭下。

天是多麼的藍，冰峭的風絕跡了；這兒吹拂的是如水柔和清涼的藍采的風兒，打冬眠蛇的臥室襲來，打湖面小水萍掠過。

碎石路上的情人雙雙，他們的足踝輕輕輾過，似是深恐驚醒四月的白鴿子，夢滋長在他們的心田，企望是天之驕子；哪個有情人不憧憬未來，哪個有情人不策劃未來？

他們塗抹彩色，他們捕捉春陽秋夜，他們在海邊徘徊；美麗綻放在他們臉頰，還有什麼事比沉溺愛中更愉悅！

椰子樹高聳入雲際，筆直的一如荷槍的尖兵；四月的白鴿子已來臨，四月的白鴿子已來臨。

（刊1966.04.23青年戰士報）

八月的雨

當八月的風旋舞著，當八月的雲染上憂鬱，而妳來了，踏著「鏘鏘鏘」，淘氣一如丫頭的腳步。

沐向香蕉扇葉，沐向柑橘青青的果實，而後匯成一股的水流；可是，又有誰知道妳從何處而來？又有誰知道妳去向何處呢？匆匆的來，匆匆的去，來去之間是那麼的無影無蹤，浪者，妳是八月的雨。

我曾見山巔的檳榔樹枯黃，我曾見山腳下蕃石榴的果實青且小，而妳來了，以野丫頭的粗獷，以野丫頭的頑皮，妳走向山巔，妳走向山腳。次日，我看見檳榔樹吐出新綠，我也聞出蕃石榴散佈幽香。可是呀，浪者，妳這八月的雨，妳卻如同那煙雲走出這山區；當我想向妳致謝意，為了這山區的一片新綠，可是我再也尋不到妳走過的足跡。

（刊1969.06.01成大工管系報）

無盡的階

集合、乘車、下車，就這樣我們一伙二十來人，就走在無盡的階上。

四月是調皮的綿羊，輕輕的在大地的胸脯上跳躍，在枝椏間，在萎黃的昨日的葉上，乃綻出新綠。茸茸的苔蘚，悄悄隱藏在石板階上，我們乃趕著一群雀悅奔騰，洋溢那俏笑在銀河洞裡，洋溢那歡唱在銀河洞裡。啊，四月！

無盡的階，以那蛇樣的狡猾盤曲於山腰，我們乃以鷹鷲伺候的眼搜索。

且一步一步的跨上石階，且妳我相扶持；望那樹的陰影，觸那山的靜謐。嗨，朋友，我們在那山廟憩息，且先競跑，看誰跑第一。

沒有離別的晦澀，雖然明日即將別離；沒有圓環的擾嚷，雖然我們將再涉足於圓環上。

山廟帶著古典與荒寞，柱香的薰味乃抖一把寧靜於妳我眼中，且合掌於案前，我乃禱告三月春常駐。山泉的清澈下注綿綿，且啜飲，哦，讓那塵囂走失；哦，讓那污濁掉落，且化妳我為童稚心境。

住持慈和的瞳子遙遙前望。

架山石於乾涸的澗底，妳我乃寫裊裊於大地，時而叫囂響起，時兒歡笑爆開，散出那烤肉的香味，散出那妳我的青春氣息，我們是一群忘憂的白鴿呀！

當那裊裊瘦弱，而太陽仍在害羞著，走那最遙遠的路，踩那無盡的石階。走吧，踩吧，走上那更高的一石階，而後再走那更高更高的一石階，且刻妳我的足跡於石板階上，拋掉那圓環的擾嚷，拋掉那別離的離愁味。啊，我們是一群四月調皮的綿羊，正在跳躍。

無盡的階又延伸著，我們乃以鷹鷲伺候的眼，再度搜索。

（刊1972.11野外雜誌第45期／迺萊）

走向原野

——記1972年11月12日白石山金面山縱走

　　就那麼不自覺的揹上背包，就那麼樣枵著肚皮，踩在無寒意的十一月的季節上，走在店面緊閉的衡陽路裡，行人零落，台北的霓虹燈還在寫秋夢哪！

　　快步到達西站，已是七點出頭，乖乖，往大溪班車的進口處竟然排了一條好長的長龍，那條長龍洋溢著登「鳥嘴山」的氣息，這下可熱鬧了，我在心裡想總該有近百人吧！車來了，車走了，留下的仍是半條人龍，夠開一部車的哩！許是穿赭紅色的登山工作人員去交涉，五分鐘不到就來了一輛加班車，可見團體力量促成一致的行動，而一致的行動，即產生莫大的力量。

　　在車上微閉雙眼，輕依著椅背，我憧憬著今天的途徑——白石山金面山縱走。喔，上帝呀，白石山是怎樣的呢？而金面山又是怎樣的呢？

　　車在蜿蜒的柏油路上飛馳著，片片稻海在晨曦下輝映閃耀著，涼風泌入心田，我的精神不禁為之一振，走向原野吧，空氣污染下的台北人！

　　到了大溪又轉向南溝，帶隊的人閒話三、兩句，博來一片嘻哈大笑。

　　從南溝出發已是上坡的山道，路經煤礦場更見無盡的土階擺

在眼前，山坡陡峭豎立；至稜線處，土階已不見了，而有一較寬土路往下走。我們轉入左邊，沿稜線而上，乖乖，一腳高一腳低前行不久，我就有點喘氣。何況偶而還要跨過橫倒的大樹幹或岩石的，眼望黃土斑駁，雜草枯黃，秋是來了。幾個小孩登上差距較大的土方就匍匐在地上了。經過幾個快速的衝刺，我還是很早就到了白石山頂。

舉目一望，連綿的小丘陵盡在腳下；不知名的樹，一株株形同雨傘，鱗狀的重疊在山坡上，整齊有序，有條不紊。

再順稜線直走，穿過幾處茶園；放眼一看，前頭茅草齊人高，只留下一條差可辨識的山徑。咬著牙，就讓冷氣機下的細胞去承受茅草的考驗吧。那忽兒是陡直的山壁，一兩根樹根雜生其間，我就那樣以登山鞋抵著樹根，以手抓著樹枝攀爬而上。此時我正走在後頭，抬頭一看前行的人群隊伍，正好形成一條蜿蜒前進的隊形飄在山腰，是龍？是蛇？再經一處岩壁，貼壁而行，乖乖，若是雨天的話，這將是刺激而危險的一段路途了，再藏入茅草中之後，我們才終於爬上金面山。

嚮導在指示基點，我沒去看。我的注意力已被山下靜謐的湖，靜謐的林，靜謐的溪所吸引。這是何其溫靜的地方，何其柔和的一幅畫呀？微風輕輕拂來，使我如入渾然忘我之境。

停留不久，順原路退回，進入五寮已是黃昏時候；回頭一看金面山，它已遠遠的聳立在後面喔，我們真的是走了一段不算近的路了。

（刊1973.01中華山岳第二卷第一期／迺萊）

一瞥的五月

當白鴿子似的四月飛逝，五月小鹿的尾巴也一下子就消失了，何其短暫呀！當我攤開雙手，用爬山、烤肉和郊遊去迎迓五月的季節時，五月已快速的飛逝了，沒有一點點的足跡或者跫音留下，更沒有任何一小節的音符、仍然逗留。

五月，五月的天，是伴著毛毛細雨的季節。那些細雨總是緩緩的，絲絲的沾在我的唇上，然後一小滴一小滴的積聚，於是在我唇上乃有重量的負荷。風習習的拂，毛細孔也一分分疏暢的擴張開來，舔舔這份扉雨，一股清涼就泌入我的身心裡。

五月，偶而我會找到一個晴朗的日子，我們乃踩著兔的跳躍，響著銀鈴似的朗笑與語言，在青翠的山頭上盪漾。也望望春風滋潤過的枝椏，想想那一股無憂的年輕的氣息。哇，上帝給了原野生氣，也給了我們歡笑和歌唱。

潺流涓涓的穿過岩壁，似有無盡期的期待而彳亍著，偶而帶著那飛落的蝶翅的振動，無聲的緩緩的走了過來。

五月的風最愛俏，總是喜歡打著足尖，走在山谷和溪流上，更也走上妳我的鼻尖憩息。喔，五月的風乃是十七歲調皮小姑娘的小麻花辮子，帶著輕快歡笑和青春在跳躍著、搖擺著。

五月啊，有細雨，有晴朗的天氣，也有潺流緩步和愛俏的風，這是多麼令我神往的月令啊；可惜五月走的好快，不留下任

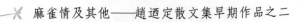

何一絲絲的音符或者跫音，就匆匆的走了。也許這是快樂歡愉的時光，所以總感覺留下的跫音和音符還嫌太少，就似沒有任何留下的一樣。

（刊1981.06.10自立晚報）

橋

　　就那麼樣不經意的架構在你的山和我的山中間；就那麼樣不經意的架構在你的雲和我的雲中間。

　　橋正以空間與時間的絕對性而存在，或以水泥柱的巨構顯現，或以麻竹幾根很粗陋的面目存在。而這皆不失橋的價值，只因橋就是連繫著時間與時間，只因橋即在連繫著空間與空間。

　　時常的，我涉入溪中，走在沒有橋的溪裡，或者我繞了一大圈而仍沒有辦法到達對岸；只因沒有橋的存在，更主要的是沒有橋的功能的存在。望著對岸遍野的夾竹桃，望著對岸遍野的碧綠觀音竹，我只能望一望，寄託一份憧憬而已。而橋呢，橋何在？前人的古蹟又何在？

　　我們之間沒有橋聯繫，我只能望著嬌羞的妳，望著妳那比星星更為亮晶晶的眼眸，望著妳那帶著野性與天真的櫻唇；妳的唇比風中的櫻花更豔麗，更嫵媚。望著妳那挺直的鼻尖，我多想以我的唇輕貼；可是我們之間沒有橋的架構，我們未打破妳我間的陌生，我們仍應死寂與沉默的相對。是的，我們沒有橋的相連繫；所幸我們的眼眸，總可以跨越過那陌生的溪河相對望，而後裝著是不經意的接觸而已，而後馬上別過頭。

　　在各自不同的時光下，我們又走開了，聲波沒有突破靜寂的空間，而妳修長的調和的倩影已然消逝。橋呢，為何不架構一座

的橋，在妳我之間。

歷史的延續，也是一座巨橋，架在前人與我們之間。走過斑剝的橋，我們見過砲火的濃煙；走過橋，我們看到歌舞昇平；走過橋，我們更看到李清照的詞、屈原的離騷以及尼采、老莊；也架構一座橋，在後代與我們之間，讓他們瞭解星球的拓荒靠的是V2，是探險家、人造衛星，是阿姆斯壯，是太空船的登陸。

橋呀，正以空間與時間的絕對性而存在，讓我們把前行代與新生代連繫在一起，也讓我們建立起一座橋，在妳我之間。

（刊1981.06.10自立晚報）

山在歌

小時候住在平原上，周遭是一片春天碧綠的秧苗，或者是夏天金黃稻穗的千頃波。所以對我來說，山只能在雨後放晴的晨曦中，或者黃昏的夕陽裡，才能一睹其芳容。而那真是心靈上最大的一種享受：看那山的碧綠和藍天白雲為伍，看那山和穆安詳的容姿。我常因之在庭院裡佇立，去感染山的和平與容忍，並且忘卻人世間偶發的忿怒與不平。

及長到台北，隨著登山隊各處跑，我才能深深體會，山不只是遠看的和穆安詳，而且是放聲長歌的歌者，有一種凌空飛揚的氣勢。每當我一步步的走在山徑上，或者在山稜上，風呼呼而來，我就聽到山在歌唱。在歌著幾千萬年來，連綿不斷的長歌；而那歌有份飄逸之感，好像山將乘風雲遊。

而每當山雨呼嘯，我也聽到山在歌；歌著幾千萬年來一脈相傳的長歌，那歌似有仗劍而立豪氣干雲之慨。

山是放聲而歌的歌者，山也是佇立挺拔的禪者。每當夏日來臨，豔陽高照，所有的生物都隱去時，只有山仍以一份仁者之姿靜坐，在等待那些受不了太陽凌虐的生物，而去撫慰它們，而去提供它們休憩的場所，提供它們保留生機。

而若是冬日來臨，寒風蕭索，所有的生物都在哆嗦時，山還是以那份恆常的仁者之姿禪坐，在等待那些瑟縮的生物投入懷

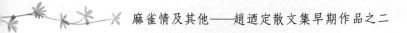

抱，給在北風吹襲中的生物一個避風躲雨的場所。

山是和穆安詳的禪者，幾千萬年來恆常不變的仁者；它涵育了大地上一切的生物，也提供了溫暖的懷抱。山是靜的；山也是動的。其動，是因外在情況之不常而動；其靜，就只是它的仁者之風，依然是數千萬年來一脈相承的恆常不變。

（刊1981.09.17自立晚報）

秋之聲

綿綿的夏雨已過，蕭索冬風還沒來臨，大地正結滿了一片金黃的果實，這世界已入秋。

秋是楓葉染紅的季節，是醒目的金黃稻穗的千頃波，處處醒目招搖的季節；於是碎散在記憶深處的那份愴然，不知不覺的就又甦醒。本來嘛，秋是天高氣爽，但也是落葉繽紛，總帶著憂鬱與落寞之感。

有那麼一首曲子已流傳好幾個季節了，這時仍在歌唱。那是小溪的歌唱；雖已微弱不再如前悲愴，但那種欲斷還續的勁兒，直覺上就是更加哀怨與憂悽。小溪呀，待來春再奔放吧，這秋的季節總是人人苦惱著。

夜已深，颯風凜冽，窗外仍有夜歸人迎迓秋蟲的聒噪急行；那夜歸人是為生活奔波勞苦，還是具有捕捉螢火蟲的雅興在尋尋覓覓？為什麼還在窗外急行！

在秋裡，雖然花落了，雖然葉凋了，雖然小溪低泣，夜歸人不歸，大地是流露出一份憂鬱與落寞。但請別傷感，我們應該認識：那花落，那葉凋，只是在為另一個再生而努力。沒有今天的秋實，沒有今天的秋風把落葉颭去，哪會有來春的碧芽滋長。生命原就是一則急流，總要穿過峽谷，才能見到廣闊的大平原。

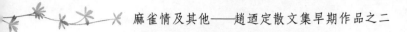

　　我們要認識，那小溪低泣是在期待春潮的來臨；那夜行人不歸，是在生活奔波，是在盼望來日的光明。

（刊1981.09.17自立晚報）

階

階有許多種，有木板組成危危殆殆的，有石版築成的，有如磐石般穩重又長滿青苔的，有水泥砌成而平平坦坦的，還有在山坡上鑿成的，舒舒軟軟清純的土階，這麼多種的階，就是人類歷史的寫照與延續發展。

也許有一天，土階、木階，會改用石版或水泥加以改造，但其為階之事實，是無法改變的。

階是一層層的，或往上或往下的，隨心之所欲，隨勢之所當然而構築其上；走在階上，才不至於如同無階之山坡，攀爬艱難、危殆。走在階上，才不至於像在無階的山坡上，下行無安足之處，無以著力之處，突生險巇，才不至於滑落山澗河谷中。

路是人走出來的，階更是人奮鬥的成果。直到如今，階還是供你我用雙腿一步一步往上往下走的。那途徑不會有汽車、馬車或者牛車在其上撒野，在其上蹂躪。看那高速公路，看那大馬路上，各色各樣的車輛齊聚一堂；繁華則繁華矣，雍容則雍容矣，但總是潑辣了點，總是太物質文明了點。所以我說，階是一位少女，一位清純樸實無華的少女，天真而且有原則理想的少女。在階上，你只能以大自然之所賜的雙腿，去親近它，去接觸它。

我喜歡走在階上，不管是石階、土階、水泥階或者木版階，因為走在其上，我就可以感受到是用雙腿直接的、安詳的

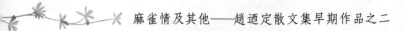

去親近它，去接觸歷史的延續與變遷，去體會祖先蓽路藍縷的意義。而階的意義也就是：人類為了下一代的更完美、更幸福，而在努力不懈！

（刊1981.11.24自立晚報）

湖（一）

　　湖是一種寧靜與安詳；就是在暴風雨的肆虐下，也只不過會在湖心點上幾個表象的漣漪而已。一旦雨過天晴，湖仍是以那份寧靜與安詳，和嬰兒般純真的頰紅，映照在山林裡。

　　湖是一位隱者，總喜歡山林之美；而把自己醉忘在藍天白雲之下。湖是一位隱者，常喜獨自徜徉在蟲鳴鳥嘰中，偶而還會有巖岩置身湖邊，偶而還會有魚蝦追逐於湖心裡，然而湖還是湖，不失為一位孤獨的表徵。

　　湖是一位仁者，總讓那些天地之遊客悠遊其中，佇立其旁；就是低垂的楊柳，或高聳的松，甚或一根腳邊的野草也不肯或忘。湖是不睡眠的眼；總是送往迎來那些偶然駐足憩息的流浪客。

　　湖是一位醉人的少女，洋溢著永遠的青春氣息，還有一股淡淡的嬌羞，使人興起無限的依戀。

　　我愛湖，愛它的寧靜與安詳，愛它那孤獨者的形象，也愛它那包容萬物的仁心，還有少女似的嬌羞和青春朝氣。

（刊1982.04.29自立晚報）

風

　　如果風是一則故事，一則來自陰濕山谷的故事；就讓風吹拂在七月的豔陽天中，讓夏蟬演奏三弦琴的手更輕快，讓夜晚蛙鳴的鼓譟更嘹亮。

　　如果風是一則故事，一則來自古井邊家戶喻曉的故事，帶著溫馨與寬容，那就讓風浮載一絲慰安，給那些苦難的人吧。給那些因家庭離異，得不到父母之愛的孩童；給那些因不幸的遭遇，而仍陷在苦難中掙扎求生存的人們，讓他們也能一樣的分享那一份社會的愛與關心。

　　如果風是一則故事，一則唐宋時仗劍而立的英雄故事，攬有勇於抗拒暴政，攬有敢於扶弱濟傾的事蹟；那就讓風執干戈以衛社稷吧，去把那些事事欺壓弱小的人或政權剷除消滅，去把那些製造不平等事蹟的特權階級送進牢獄裡，以成就安和樂利的大同社會，以造就更真、更善、更美的世界。

　　如果風是一則故事，一則湖與月相戀的故事，那就讓風把妳我連繫在一起，讓我們共浴在清澈的湖裡；讓我們相攜在皎潔的月光下，一起傾聽牛郎織女的故事。那滿含相思，可歌可泣的愛情事蹟，讓我們更瞭解相思的感人，相思的憂悒，而把握住每一秒的相會與相聚。

（刊1982.09.05大華晚報）

窗

　　把窗打開，你就會發覺這個世界是多麼的美麗，你就會引進和煦的陽光，還有溫柔的微風；你也可以看到碧綠的原野，是一個多麼生意盎然的世界。

　　把窗打開，你就會發現這個世界是多麼的美麗，你就會引進皎潔的月光，還有閒逸的飄雲；你也可以看到遠山的朦朧，和安詳適意的世界。

　　人是一種社會群體生活的動物，請莫把自己走進死胡同裡，把心窗打開吧，讓別人的歡笑加進你的歡笑中吧，讓別人的苦難揉進你的同情裡。如果你仍生活在自己的殿堂裡，你將看不到博愛的教堂的尖塔上的十字架，如果你仍自囿在自我的閣樓裡，你將看不到仁慈的佛寺廟堂。

　　莫管人生是多麼的白雲蒼狗，莫管人生是多麼的滄海桑田，莫管社會有多險詐、詭譎，莫管人群在鯨吞豪奪；只要千粒沙中有一粒沙金存在，那就是閃亮與光明，值得你把心窗打開，去接納去吸收。

　　朋友，讓我們把心窗打開吧，去接納別人，去諒解別人，去分享分擔別人的喜怒哀樂；我們將發現，我們參與了別人，匯入了人群，我們是共同為這個社會與人群的精神曙光而奮鬥而努力。

　　　　　　　　　　　　　　　　　（刊1982.09.15大華晚報）

湖（二）

　　湖靜靜的躺在山腰上，聆聽蟲鳴鳥叫，也聆聽盈耳的溪水淙淙，也讓山泉流入胸懷，也讓山泉叩問邈遠的遠方。

　　樹把藍天白雲的悠閒和峭壁山崖的倩影搖曳；靜靜躺在山腰的湖，把一樹的松影和柳葉折入心懷，數著每一片葉的碧綠。

　　山腳下有人家，那是樂天知命的農人；他們日出而作，日入而息的勤勞簡樸，永遠保有一份憨厚，永遠保有中國人人情味的芬芳。他們的炊煙常常飄浮到藍天，也化成白雲一縷縷，雞鳴鴨噪則是農家的樂曲；偶有豬隻的嚎叫，也只不過是肚餓催開飯的呼聲而已。

　　湖是一首詩，一首短短的詩，只有安寧、平和與韻味，讓人永遠流連。

　　水草是湖的柔髮，總是隨風飄揚在風中，萌芽在風裡歡躍，也在風的吹拂下，把昨日揚棄，把來日成長。

　　讓山鹿和野羊，在湖濱奔馳。看山鳩和野鶴在湖上飛翔，點出成千上萬的夢幻。魚蝦就是最調皮的一群了，有事沒事就把湖心攪動，攪動出圈圈往外擴散的漣漪，只是不一會兒工夫，湖仍歸於恆久的寧靜。

　　湖，湖是安詳的化身，是與世無爭、曠達胸懷的寫照。

（刊1982.10.15大華晚報）

雲

　　雲，是馱負簡單行囊，攜著三弦琴的歌手。雲，走過高山森林，涉過大河小溪，一路走一路的吟唱。雲是流浪的人，抑是千里尋母的稚子，沒有人知道。

　　有一個傳說：雲是苦行僧，不食人間煙火；只要餐風飲露，總是無盡的奔走，不稍憩息。有一個傳說：雲是純情的少女，行走江湖，尋覓別離的情郎。

　　雲是性情中人，決不矯飾，喜怒哀樂總是形諸於色，所以敢哭、敢笑、敢愛、敢恨。看雪白的雲片，一忽兒就烏雲密佈；看堆積如山的積雲，一剎那就成彈散的綿絮；看涕泗縱橫的雲，一忽兒就眉開眼笑，綻放一天空的天高氣爽。

　　要是人如雲，不文飾、不矯情，或許這世界將更加爽朗，沒有人心隔肚皮的陰險與不信任，或許這世界將沒有惡業、罪業的存在，而這世界將更加的安和樂利。

　　　　　　　　　　　　　　　　（刊1982.10.28大華晚報）

雨

那來自天上，盈滿南國清涼的雨，把清新與碧綠凝聚成一個個的水滴，而後飛馳奔向大地。於是，峻拔的松更墨綠，湖濱的垂楊更嬌滴，甚至樹腳下的酢醬草也更翠綠。

那來自天上，盈滿南國清涼的雨，抖落一股清涼，在我的臉頰，在我掌心；也把滴滴答答的一闋小曲，從峽谷唱到山頂，從海邊唱到天涯，從雲際唱到海角。

記得否？同樣的雨濛濛的午後，我徜徉在妳明亮的眸海，讀著妳的清純。沒有花傘撐持的我們，乃醉飲一下午的微雨，從台北車站直走到永和。穿過大街小巷，讓跫音佈灑我們，讓雨飄在髮髻間。我們呢喃在細雨中，綿綿密密的，一如整個下午的雨。

我不知道，我們怎會有那麼多的情話交談；我們也忘了濡濕的襯衣，只有交握的手掌傳來妳的暖意。妳說，妳不累；雖然已走了五、六公里路，雖然高跟鞋走過了漫長的柏油馬路，以及紅褐色的石磚地面，但妳說，妳感到很實在，好像把握了這每一分每一秒的今天。

記得否？隔日，妳說妳最討厭走路不撐傘的，不撐傘會淋濕感冒生病，而後妳沒有說任何的一句話，也沒有說聲再見就走了。走得遠遠的，走得只有在我的睡夢中才得再見。

　　我沒憾恨，雖然我們有一個不太盈滿的月圓，雖然妳留下了我滿懷的回憶與思念，雖然自妳走後，七弦琴的歌手不再撥撥扣人心神的琴音。我仍堅持著：愛是諒解，愛是關懷，而不是佔有。

　　那來自天上，盈滿南國清涼的雨，抖落一股清涼在我的臉頰上，我乃急急把眸眼瞌閉，讓微風飄灑在我的鼻尖，讓思念自我心田揚起，好能走回昔日妳我相處的足跡裡。

（刊1982.11.05大華晚報）

瀑布

凝天地之英氣以成雨露；凝雨露以成江河。而後自山之巔崚之隙，用萬馬飛躍之姿奔放而下，絕不返顧，也毫不遲疑的，是瀑布飛躍的英姿。

見於崇山竣嶺裡，見於土丘之上；不管松是否成林，不管草是否成叢，瀑布呀，總是佈施天地，且塑造自我以成絕世美景。

雖或僅是涓涓秀水，雖或雄偉雪白如匹練，瀑布絕不因幅員之大小，而忘卻匹配山河的責任。也因之，不管是在晨光，不管是在炎陽下，甚或在月光裡，瀑布總把自身彈奏成大地之歌，雪地之音符。

那歌，那音符，似在訴說：見松成松，見草成草，相輔相成，各有所適。瀑布早已知曉天地係一氣呵成的，是相互的創造存在的，而非相剋與殺戮。

躍吧，奏吧，瀑布一逕追尋的，就是真理的印證。

（刊1983.03.10大華晚報）

山與水

　　我愛水，我也愛山。童年身處大平原上，遠山只有在雨後天晴，或很晴朗的天候裡才得以睹見；而水則在近旁，垂手可得，因之撈魚、抓蝦、划船、戲水，就是童年的樂趣之一。迄北上就職，或許年事漸長，心緒較穩定，反而愛上凝重蕭穆的山。在那幾年中，每有假期就遍訪近郊山，把跫音垂落山澗、稜線，走那綿長又鬆頓的小徑，登臨山巔俯看山腳人家，洗滌塵俗，心懷為之開曠。及至今日，為塵俗之事，反而把山水閒置；但在我的心中，依然不時燃起一股訪名山大水的企盼，總有一天要遍遊各地的崇山澗水。

　　老家門前就是小水渠，而大圳溝也不過距離百來公尺而已。至於小水塘，則散置村中，到處都有。童年中的小水渠、大圳溝和水塘裡的水流，都是略帶混濁的清水；尤其是大圳溝的水流，係嘉南大圳所供給，更是清可鑑人，而其清涼芬芳更是時下的河川所無法比擬。

　　就因為水色清，味道芬芳，因之魚蝦、貝殼、泥鰍、土虱，就滋生其中，代代生息無時或絕。那時常頂著陽光，帶著笨箕涉足溪中，在水草滋長處，以笨箕向岸邊兜捕，並以手輕拍笨箕前的水草，冀圖把躲身在水草中的魚蝦趕入笨箕中。而後把笨箕提浮到水面上，果若有魚蝦進入笨箕中，那就會浮現了。那些小

魚、小蝦，待露出水面時，有些尚不知已發生變故，只靜靜攀附笨箕底部，讓我俯拾或是傾入鐵桶中；如果是大魚、大蝦，則水濾去一部分時，它們已驚慌失措的蹦跳，而濺起一些水滴在我俯首的臉頰上。此時，我只得一手扶箕，一手兜頭就抓。再如果是四、五指寬的南洋鯽魚，則更是勇猛，有時只是笨箕放進其藏身處附近，產生了波動，它們早就蹤然一躍，躍出笨箕的圈圍，揚長而去；而其驚慌狂竄，更是快捷無比，不眨眼工夫就逃出十來公尺遠而無影無蹤了，只留下我的惋嘆與無數失望。

大圳溝的水，如果適值雨季，則水勢湍急，雖有閘門的攔阻，還是淙淙如千軍萬馬之飛騰，臨水而感其威勢。但當仲夏，稻穀收成之後，河床也不再喧鬧；只一逕的緩流著弱水，此時水深不過尺許，踩踏其上，但覺泥沙鬆頓，讓人感到安閒與寧靜，而這時正是我們涉入河中撿拾貝殼，或者沐浴在水裡，掌心向上，指尖朝上與水成直角而打水仗的時候。我們直要打到渾身溼濡，打到笑聲驚破田園，夕陽微笑的下山去之後才罷休。

湖塘所提供的是游泳、划船、垂釣的場所。記得初一時，在同學家，依照同學所說：「游泳太簡單了，只要身體放輕鬆，身軀自然向上浮起，雙手划水，即可前進。」之言，而蹤身一跳。當時，只覺得有如酒瓶緩慢下沉，而頭越擺動，湖水越是灌入口中，霎時太陽沒有了，只有黑夜環繞在我的四周。後來還是我的同學，把我拉上岸，我才免一命嗚呼；但肚子裡，已經灌入不少口的湖水，而兩眼呆滯，驚魂未定。

在湖塘嬉戲，最快樂的是划竹筏了。那池塘方圓足有兩、三甲，池塘中盡是養著各色的魚，有草魚、鱸魚、鯽魚等，而池塘上還佈滿菱角的碧綠。所謂竹筏是用苦竹所造，頭尾略懸出水面；如要前行，即以四、五丈長的桂竹竿撐著池塘底，竹筏即緩緩前行。我們手撐竹竿，不停的把竹竿插入塘中，不停的抽出竹竿，而後望著竹筏頭部被激成雪白的塘水，想像著是在大洋中乘長風破萬里浪。如果划累了，還可輕躺竹筏上，讓風吹拂，讓塘水輕濺，而後把一整天玩得充實有趣。

至於山，則是北上之後所熱衷的，在那段時間裡，每有假期，早早即起趕車搭車的奔赴登山隊指定的集合地點，或者隨《野外雜誌》韓漪去露營烤山豬，或者獨自按圖索驥的亂竄。我愛山，愛山的青翠與涵養，更愛山的不言不語；其實山在不言不語中，已把它所要詮釋的哲理闡明。在山裡，我品嘗到什麼叫做大自然？什麼叫做孤寂？也品嘗到肉體苦行之後的快慰。

確然，有很多次的爬山，令我當時深感勞累與體力不支。那常是發生在精疲力竭時；本以為下山到山腳下，即有車回台北，奈何前行又要穿越一座的山頭，對這種高度企盼已到達目的地的幻滅，常使我差一點落淚。但在夜幕將垂，空山不見人影之地，還是得鼓起疲憊的身心再往前踩踏。我常想：人生亦如登山，有時雖有艱難橫阻眼前，還是要咬緊牙根走向前。

而這種強忍勞累的悲淒，在次日體力恢復之後，其勞累困頓又已釋懷，健忘了。而勞累之後的登臨山峰，俯瞰山腳美色，或是置身雲霧淒美、迷惘之中時，我就品味到登山的快慰，並且一而再的持續追求下去。

　　那段的時間裡，偶有假期而不去接受山的召喚時，我竟有渾身不適與不自在的落寞，或許那時真的是中了山癡、山狂症了吧。

　　山與水是寫在地球的歷史上的，山與水是寫在人類的歷史上的；我愛山，我也愛水。

（刊1983.8.18商工日報）

磐石

屹於山澗中，屹於危壑裡；乃把毅力坐成一座山，一座讓水流涓涓環游，讓激流縱情宣洩，但紋風不動的磐石。

看四季轉移，仍不為春的喧鬧所迷，不為夏的繁複而激情，不為秋的蕭瑟傷感，更不為冬的凋零染哀傷；磐石只是穩住陣腳，坐成一座亙古緘默。

或許青苔是唯一友誼，就讓青苔攀附以見天日；或許小草是唯一的慰藉，就讓小草恣意生長，化成碧綠。偶飄落來一粒不知名的種籽，那是被遺棄的流浪兒吧，就讓它紮根成長，坐成一座山，而這原已是磐石根深柢固的本性。

我們傍溪流，立瀑泉下，走過稜線，途經隧道；我們總是看到磐石長出五彩繽紛的苔蘚和蒼鬱的青草，以及筱竹的飄逸，還有小松樹無懼的挺拔，游魚的相伴隨，而把磐石塑成一個絕世的景，一個卓絕飄逸的景，一個豪氣干雲的景。

（刊1985.04.15商工日報）

雨中

　　緩步在小雨中，讓飄浮的雨構築在鼻樑上，輕輕的點在我的手足上，讓小雨的清涼擴散在心田，激起一圈圈的漣漪，把塵埃洗滌沉落。

　　看山在小雨中矇矓，看樹在小雨中矇矓，看橋在小雨中矇矓，我乃醉在矇矓的詩意裡，醉落在淡淡的微醺中。

　　愛在雨中獨行，享受雨的清涼與矇矓；愛在雨中獨行，享受雨的拍打芭蕉葉，拍打屋簷角落，拍打低矮的窗櫺。

　　於課堂裡，於公車上，常可看到天真的孩童把嘴臉壓貼在冰涼的窗玻璃上，讓鼻子變形，讓唇變形，讓整個的臉變成滑稽的形象；就只留下好奇與欣悅的雙眸，永遠不變形。且盯著玻璃窗櫺的外界，任雨中迷濛之美流溢，任雨中小草小樹歡欣跳躍，看生命中的奧秘，那奧秘就是如何在風雨中堅強的愉快的挺立。

　　雨如果是一針滋潤劑，我就是在那原野裡鵠候的岩石，無時無刻不在期待滋潤。

（刊1985.04.22商工日報）

悲秋

　　一切都靜悄悄的走了，用飄落才能察覺得到的涼秋便如水一般憂悒起來了。一切的事物都像飄絮，突然任風吹而消逝；雖然從另一個角度來詮釋，秋的楓紅蘆白依舊是一種豐盛，但傷春悲秋的情懷仍然不免油然而生。

　　落葉飄零還諸大地，固然是一種圓滿，在第一聲的秋裡，仍不免感嘆歲月滄桑。徜徉在清澄的天地裡，看著光禿禿的風，颯颯的追逐著，催落了滿懷的殘葉；濃濃的秋意，剎那間悄悄然的來到；棲息荒地上的枯草，挾著嘶喊，滾動成波濤，寫下一地的蒼涼景色，也吹皺了一湖的憂容。這時刻，我們就看到清冷的秋曲又在天地間吟唱。

　　天邊一聲雁，驚醒夢中人；山野蘆花白，飄灑風雨中。秋是雲淡天高的季節，一切的事物都像飄絮般隨風追逐而消逝了，蟬是不得已才浪跡天涯的，其悲鳴聲裡憑添幾分的憂愁，叫寒了春水，也催黃了綠葉。樹，紛飄一地的落葉，雖未見枯黃衰敗相，在清爽的九月天裡，依然不免帶點淒淒的凋謝意味。

　　旅人踟躕在荒野，可知此去的歲月將只是孤影伴獨星。而飲長風的跋涉之後，勢將感嘆不勘回首舊塵中。送行人望著碧雲天和小徑萋草，可知深夜的寂寞將難以忍耐？沿尋秋的曲徑，人終究要蹍入漠漠平原和清藍高遠的幽緲中。

　　雖在流水嗚咽之後，已然醒悟飄過的浮雲有倦態，可也是有家歸不得已；不再是年輕，當我們踏過高崗下的林徑，我們不再狂嚎，我們有所顧忌與自恃了，或許這是成熟的現象；但在觸摸到冷冽的秋風之時，雙頰仍不免浮起溫燙的淚雨，傷悲著昨日的逝情。

　　落日映照渡津頭，輕舟已賦歸；隔岸魚火閃亮，一如天上星星。秋已靜悄悄的降臨，整個秋的寂寥卻像極了霜降的蒼茫。在大漠孤煙直的秋象裡，離別與思鄉最是愁煞人！

（刊1985.09.03商工日報）

春在那兒

春在那兒？春在新綠的三月裡，在屋簷下的水滴，在吱吱喳喳喧鬧著雀鳥的叫聲中；春在百花齊放中，在一盆盆綠意盎然的盆栽中，在池塘裡悠游的鴨鵝嬉戲中，在青山裡，在溪澗旁。

當木棉抖落最後的一片落葉，光禿禿的枝幹就顯得愈發堅毅挺拔了，可別說木棉樹是僵枯了；其實木棉樹是在期待春末豔紅花朵的爆裂。杜鵑花也在錦簇中染滿萬紫嫣紅，一切的花草都迫不及待的展現芳豔與春顏；在一夕之間，綻放滿眸的亮麗，翠綠的柳樹急切的在枝椏上掛出無數的嫩綠，昭告著春天的到來。這時，春彷彿才一下子就醒覺了。

山林裡鮮嫩的綠芽和花蕾也笑得璀璨天真；田裡的草地更款擺出嬌柔。小溪畔裡清澈的水流，終於又抒情活潑的吟唱起來，吟唱著大地的覺醒。

春是多雨的季節，霏霏雨絲總是填滿陰霾的空間，僅讓一絲陰溼流盪在空氣中。春在那裡？春在春雨後的稻禾裡，而稻禾更是嫵媚了，青山也更瑩亮起來了。春在哪？春在春風的吹拂裡，把千堆雲趕過一畦的水田；也把一片的風景，吹拂得在到處漾起笑意。

我刻意期待著，過不多久在三月的春裡，便有柔軟的綠絨毯隨著起伏的綠浪，在無垠的田野裡奔馳滋長，直到地平線的另一

端。我深切的瞭解，在浪漫的春天裡，大地已然步入有聲有色、有生意的天地。

春雨最無邪了，在連綿的雨中，常不禁使人幽思夢幻了起來。春雨最綽約了，在春風中，龍吐珠也裝扮出紅白相間，逗得蜂蝶不停的飛舞其間。

三月春是譜夢的季節，讓我們相依走入花的長廊，走入彩霞盈滿相思林的黃昏，去撿拾一枚枚經過仔細雕琢青春的足跡。

（刊1986.04.28商工日報）

默默走山路

　　默默走山路，走著蜿蜒的山路；兩旁碧綠的森林一下子就把迷失的我喚醒了。松針落，楓紅飄，鬆軟的山路延伸向著不可知的前方；文明不見了，文明早就被摒棄於山的邊緣。這裡，只有純真與自然，和煦的徜徉在綠野裡，大自然可是造物者特意建造的嗎？否則為何在喧嘩金錢冷漠洗劫過的心靈裡，一旦走進大自然的懷抱，被塵封的靈性猶自醒覺。

　　一線飛瀑直下，在水聲淙淙裡，在冷泉和綠草交織中；我們俯拾清新與脫俗，在野香和水冷的季節裡，我們陶醉了，心田冷冷的，溪床大理石羅列在清澈的水流中，溪魚悠游，不見一點塵俗。閉上雙眸，任耳際傳來一闋飛瀑奔騰，水勢急流，就是大自然最美妙的呼喚。傍巨岩，讓心靈沉浸在悠然飄縹，纖塵不染的昇華裡，乃頓悟人生就是不斷的希望和奮鬥。

　　古廟經常在青山綠水中，在肅穆與寧靜裡，雖然不免蒼古老邁，卻更增一份冷寂。廟本就莊嚴肅穆，還帶點神秘，令人油然心生崇仰好生、好德與博愛。默立片刻，讓心泌入古廟的寧遠裡，就揮不走一份淡逸脫俗的飄落了。

　　田畝綿延阡陌，綠茶縱橫，黃澄柑橘肆意滋長，那就是生命所在，尚有何所求呢？在蔥綠籠罩的原野上，在活潑快樂盡情鳴唱的禽鳥的飛翔中，我們安詳的聆聽大自然的呼叫。

　　如果石板路上沒有青苔鏽滿其上，就不會有蒼白；而這石板，確然已駝負過多少歲月了。除青苔之外，竟然蝕痕處處，想來往昔必有過客無數，而於今那些過客旅人呢？唉，人生本就只是一個小逗點，一個小螺絲，在無情的時間的洗滌中，匆匆的就要走完遊程，何不在走得動之時，多多造訪一草一木的大自然，看看它們不矯情、不造作的自我。

　　用足踝撫觸大地，用髮用肌膚盡情的去感知雨露的冷冽、太陽的溫熱以及大自然的美妙吧！

（刊1988.09.10台灣日報）

秋的臉

秋的臉，是澄藍的天，疏淡的雲；夜裡有星朗月明，蟲吟不絕。秋的臉，是黃澄稻浪萬頃波，楓紅柑橘熟。

秋的臉，是林葉辭枝隨風舞，玉蜀黍飄著褐黑黍鬚，半枯黍葉不停的瘖啞作響。大地一下子全長大成熟了，只是在成熟裡，不但有收穫的喜悅，卻也有陰鬱沉沉。熟了的菓子、穀子，雖是播春的種子，卻不能不說是生命的一種完成，不是嗎？完成有時也是一種悲傷，再沒有生長的喜悅與衝動！

如果有能力選擇過往，保留可喜的情境，讓未來的日子生活得更快樂，那該有多好；可是我是一個易於傷感的人，即使回憶昔日童趣，原本高高興興的，卻也會一下子跌回現實裡，感嘆著時光易逝。何況，童年裡更多的是苦難與艱辛歲月。

大舅去逝了。不過一兩個月前，我才特意抽空去探訪了他老人家，那是憋在我心底深處多年未達成的願望。舅家跟以前不一樣了，那庄裡不再是大舅家最大最寬敞了。原本的大魚池變小了，深綠的菱角不見了，雖然我去的時候，大舅生病在床，大舅媽說：「是感冒，有一兩個禮拜了。」我卻作夢也料不到，大舅說走就走。

那天，雖是中午，屋裡依舊黯黑，藉著昏暗的光，我看到大舅背著我們躺在床上。他原本瘦削的身影，更是瘦削了。小時

101

最喜上外婆家，尤其在秋天裡。雖然秋裡池淺水緩，溪水乾涸，
我無法和長工如同昔日般垂釣溪畔，池邊捉蝦摸蚌；但我們可以
徜徉在一片金黃的大地裡，看浮雲相互追逐，也可以在窪處升起
篝火，爛蕃薯燒豆子，在熊熊烈火和瀰漫的炊煙裡。可惜長大以
後，已無此閒情逸緻，何況即使再到外婆家，外婆也走了，長工
也長大成人自謀生活賣魚去了。

　　秋的臉，在南部平原上會有白色濕濕的霧氣，大地頓成一片
蒼茫。在矇矓中，鄉村也都淡疏了，甚至不見蹤影。冰冷的鐵軌
上，沾滿霧氣凝聚的水滴。在椰子樹上，在榕樹上，那蜘蛛網更
是承載著疏疏落落的水滴，如同水晶般晶瑩剔透，直要到秋陽露
臉，在雲端縹緲的霧氣，才會悄悄的走開。

　　偶爾陰陰的天一直打不開，接著稀落的雨就飄盪了起來。我
總喜撐把傘，走在原野上；秋雨是那麼的緻細，緻細到一點重量
的負荷也沒有。在枯葉上，秋雨是一聲聲悲秋的淚；水流涓細一
如嗚咽，喚不回我的回憶。我感嘆著光陰的消逝，春夏秋冬、點
點滴滴，一季季的走過，挽回不了韶光。

　　在飄泊的人生旅程上，我已然走過許多個秋；我曾在夜裡，
映著皎月奔馳在白了頭的蘆葦花徑上。蘆葦割過我的手足，我的
手足泌出一絲絲的血絲；而這奔波，為的只不過是趕一個約定的
時刻而已。我曾奔馳在收割過的田園上，落寞的在泥地上踩著冰
凍的土壤，為的只是逃離一個令人愁鬱的世界。其實，在那種衝
動之後，我依然冷靜的回到愁鬱的世界裡。

　　清冷的秋夜，皎潔的明月高掛在木麻黃樹梢上，暈黃的月
就灑落下來，罩住整個窗外的田園；偶爾我把斗室的燈熄掉，就

著窗讓皎光流洩進室內。此時，月光幽靜邈遠深富美感。秋風蕭蕭，秋蟲唧唧，叫響一夜孤寂，提燈的流螢竄飛在叢草間，尋尋覓覓也不見春夏的足跡。

秋雲是變化無窮的小精靈，虛無縹緲，純潔無瑕，襯托在碧藍天裡更有飄逸的勁氣。南部的天空更高遠了，即或秋蟬一逕的叫囂，終也喚不回夏日茂盛與生長的季節。

從窗裡到窗外，我捕捉的唯是季節的變換。韶華易逝，秋的臉已然瘦長，隱沒在詩人多愁善感的心緒中。

（刊1988.11.06台灣日報）

草民
生
活

歇

　　歇歇吧，歇歇吧！當你在耀目的灼陽下，跨過了火燙的沙灘。歇歇吧，歇歇吧！當吞噬船舷的浪濤平息了，而你自噩夢中甦醒來。

　　樂譜上總有休止符駐留著，樂聲的繚繞總有仰揚頓挫的；自智慧的戰鬥中解甲歸來，不管你是參加聯考或者期末考，不管你是榮歸故里，還是輸得灰頭土臉的，且歇歇吧！且把那些應考用的刀槍弓箭暫置閣樓中，讓它們去呼叫咒罵，也不要理會，讓它們去生銹發霉也別去理睬擦拭。

　　去吧，把某一天空下來，整日的遊樂，或者上電影院，讓那些別人的故事把你感染，用你的情感去體會。但請不要用你的腦筋，不要用你的理智。在這歇歇的一天裡，或者到台大的草地上，用靈性去聆聽蟲聲的鳴叫喧鬧；再不然，可以借著路燈餘暉看看櫻花盛開後的碧綠。六月的櫻花在一陣風潮中迷失了自己而盛開了半邊天，於今又已恢復了家庭主婦的樸實，一切的繁華總要歸於平靜。

　　去吧，去碧潭划一划船，嚐一嚐銀樣的月光，親一親夜風的撫拂，或者想一想昨日的路，也許可以喚回迎新會的回憶，喚回園遊會的夢，以及曾經有過在驕陽下啃甘蔗的高聲歡笑，曾經有過在月色中的促膝談心，而不自覺時光之飛逝的那一段

的韶華。

六月裡，自火紅的鳳凰木下走出去，方型帽是戴了一個。但那並不意味將是西線無戰事，而是意味著將有砲火連天價響的廝殺。我參加了就業考試、留考、托福，唉，我已然頭破血流，面目全非了。但我仍要去擦拭盔甲，去磨利鋒刃，為的是盼望再走進校門去，去聽聽白髮皓皓老教授的授業，去抄一抄黑板上密密麻麻的粉筆字。於是在子夜裡，我仍在月光下看著對面樓房暗暗的輪廓，也數著賣宵夜小販的吆喝聲，我默默的在用心用力，我默默的又在點亮燃燒自我的燭光。這可不是秉燭夜遊，這是鑿壁偷光的苦讀！

當那一天的到來，我走進了比武場，就只那麼的瞄一眼那些高頭大馬孔武有力的漢子以後，不用廝殺，不用喊話，我就匍匐在地上了，我高舉著白旗，這是一個丟盡了臉的戰鬥。自那次不戰而敗後，我感到孤寂無比的，也似乎迷失掉了自我，我的精神也鬆弛了。

歇歇吧，不管是你，不管是我。朋友！歇歇吧，不管是已在凱旋門前戴上桂冠接受歡呼的，或者是自敦克爾克徹退出來的。朋友，歇歇吧！在一次的戰鬥後，我們總該要歇歇的，要養精蓄銳的，以貯存更大的精力，為了將來更大目標而奮鬥，為了更慘烈的戰鬥的到來。人生的路，還長的遠哪！

（刊1981.07.18自立晚報）

讓座

　　我初中時的某一天，一上車我就埋首在英文讀本上。真要命的，一進入初中就有平常考，不是英文就是理化，考來考去真把人「烤」焦了。哪能和國小低年級時，有往郊外的閒暇可相比呢？想起國小，那時真好，可以常常到田裡摘瓜、烤豆的，也捕捉一些童年純真的回憶。

　　車子一站站的停，但對我來說，我是不用管那麼多的；反正我的目地的是底站，到了底站我才該下車。於是，我就專心的埋首在書中。突然「嘎」的一聲把我震醒了；我不自覺的從書本中抬起頭來，原來又是一站到了，眼望的都是穿梭著上下車的旅客。突然，入目有位老年人，他拄著拐杖，白髮斑斑，吃力的爬上車。我的心一陣顫動，應該讓座給他的；可是另一個疑問又在心頭打轉，讓座是應該，為什麼別人不讓座，別人可以裝聾作啞不理不睬的，我也可以裝著看不到呀，而且在眾目睽睽之下，由於我的讓座而激起他們的注目，說實在的那注目不管是何涵意，確實會令我不自在的。

　　當我正自猶豫不決的那一剎那，有一位小學生卻禮貌的請那位老年人入座；而那老人家也慈祥的致謝再三。此時，我是不用再去考慮讓座不讓座的問題了，因為難題已經迎刃而解。可是我的內心裡，卻仍然一直在激動著，情緒也波濤洶湧而看不下那些

蝌蚪似的英文了。以這個小小的讓座的問題來說，我和那小學生的舉動相比，可真是有天壤之別呀。這時我感到很是慚愧，國民生活須知裡不是一再強調我們要敬老尊賢嗎？讓座父老嗎？可是對這種理所當然的，應該做的事，我竟猶豫再三，甚至於不如那小學生的劍及履及。

　　事後回家，我在書桌玻璃板下，放上一張字條：「該做的事馬上做，別猶豫不決，別思前顧後。」

（刊1981.07.18自立晚報）

討價還價

「誰呀？」老妻在房間裡問。

「老爺。」我在門外自稱，毫不靦腆的應著。

結婚不滿一年，老妻就整天左一個老頭右一個老頭的叫，叫得我渾身不舒服；雖經一再抗議，她依然如故，等聽慣了也不覺得討厭了，乾脆自稱起老爺來了。

門「嘎喳」一聲開了，只見妻默不作聲怯怯的揚揚手。對那輕輕的揚揚手，我並不在意，而逕自去換下外出的衣服。只見她跟了過來，又在旁囁嚅的說：「我手燙到了。」

「什麼？」我大吃一驚的叫了起來，是為了什麼事燙到呢？我不禁在心裡狐疑著。

下午有事打電話到妻辦公室，她辦公室的人說她請假。當時真讓我費盡猜疑，平白無故的請什麼假！而且她早上也上了班的，又沒說下午請假。可是家裡沒有電話沒法聯絡上，只得把那份猜疑按下。好不容易盼到下班，來不及等班車的，我寧可多花錢搭野雞車回家。到了家敲敲門，聽到她的詢問聲，確定她在家，我才放下心。

想不到剛放下一下午的猜疑，她竟突如其來的爆出一聲：「手燙到了。」這直如青空一聲霹靂，把我轟上了天空，去飄飄飄飛。

「都是你不好，誰叫你蛋煎的那麼好！」妻埋怨著。

我莫名其妙的也提高半音說：「什麼？我蛋煎的好跟妳燙了手有關係！」再怎麼努力的聯想，我也沒法把這兩件風馬牛不相及的事連在一起。

「當然囉，人家今天請假回來，想做好多的事情，泡了衣服又煮飯，想到你蛋煎的好，我就學著靠近沸油，把蛋殼剖開，讓蛋黃蛋白滑下鍋，油鍋的油就到處飛濺了！」老妻肯定的說。

「靠著油鍋丟下去，就濺出油了！」我一面自言自語，一面思索著為什麼會濺出。突然靈光一閃，準沒錯，一定是她那種愛乾淨得近乎囉唆所惹的禍，我把頭一拍：「對啦，妳又洗蛋啦。」曾記得她常把蛋洗一洗再交給我煎蛋，當時我就大為抗議，但她仍我行我素，所以我只得把蛋擦乾再剖開下鍋。

「是呀。」她揚揚頭說。

「可惜妳沒把蛋擦乾，水滴到油上，當然油就飛濺了！反正是妳太愛乾淨，太囉唆了。蛋還要洗，那一家餐館把蛋先洗了再剖開去煎蛋的！」對她的潔癖，我是一再不敢苟同。當然，乾淨是應該的，但有人潔癖得近乎囉唆，也是一件麻煩事。

「是你錯，是你錯，誰叫你煎蛋煎的好。」她一面撒嬌，一面揚揚手中的盤子，洋洋得意的說：「你看，這次的煎蛋漂亮吧。」

望望盤中的蛋，確實是漂亮的，金黃色的，不太白也不太焦黃，我扮了一個鬼臉給她：「那當然囉，我看那不是荷包蛋，那是『炸』蛋。」

「對啦，不是要買尿片嗎？」我想到幾天前就想為老二買尿

112

片,總是抽不出時間。

「是呀,催你幾次總沒空,我也懶得再催了,就是要看看你什麼時候想起老二,什麼時候關心老二。」妻嘟著嘴說:「今天終於想起老二來了。」

其實並不是我不關心老二,而是距妻預產期還有一個多月,時間還早,何必那麼急。何況最近公事太忙,一回家已是筋疲力竭,只想輕鬆的坐下來看看電視休息休息,那還有心情陪妻逛街買尿片的。她的個性與我不同,甚至走極端,比如她想到做什麼就會急不可待的著手,說不好聽一點,簡直太情緒化,而我通常要放在心裡發酵幾天,斟酌斟酌才決定做與不做,所以她戲稱我為「溫不火」,我一直想跟她對個好辭,可惜吾才有限,只得暫緩辦理。

「晚上去,明天可能要加班了。」我說。並且建議她搭計程車。我所以要搭計程車,實在是迫不得已的,上完班已經累得不想走路或等車擠車了。

「野雞車好囉。」妻還價。

「野雞車。」我同意的說。

「到萬華夜市買。」妻建議說。我點頭,沒答腔。

老妻當小姐時,那真是有一毛錢花一毛錢的,什麼東西都要好的,舶來品的。婚前她曾跟我說,她懷疑這種奢侈的習慣是否會改變。當時我很肯定的對她說:「人是適應環境的動物,有些習慣在婚前婚後是會判若兩人的。」婚後不久,雖然她依然奢侈如故,動不動就是計程車代步,動不動就是買舶來品。但這種情況,維持到老大出生以後,我們的經濟生活開銷

開始有顧忌，我們必須花費薪水的大半在老大身上。我們要供給老大奶粉，供應他水貨的奶瓶、衣衫、玩具等，反正能買到最好的嬰兒用品，我們都買。也許這是因為我們小時物質太貧乏，現在略有能力，所以盡量供給自己的小孩子用。自此妻的愛與注意力，逐漸從愛自己轉移到老大身上；這一來，她反而疏忽了自己。人家說，女生愛打扮、愛買新的東西，至少每個月要買個新東西，甚至每星期添購一樣，但她現在卻有一段好長的時間忘了打扮自己，忘了為自己添置新衣、新鞋什麼的了，也許這也是婚前婚後的轉變吧。

　　飯後到萬華夜市一看，整條街兩旁盡是帆布間隔的地攤。我們來得太早，有很多家的地攤還在整理、佈置。這個夜市，以前沒來過，我們先逛一圈看看賣的到底是什麼東西；只見有的攤販蹲在地攤上招呼客人，有的則不時吆喝叫賣。有一個男成衣販，甚至帶著奇形帽，穿綿紗織的五彩上衣，下身則穿長長的「迷西」，弓著腰，以沙啞粗糙的嗓子吆喝著：「白嘉莉穿的衣服，一件也賣五十元，快來買喲，今天真是『起肖要給伊了』！」地攤正式開張了，於是一群群女生聚攏過來，妳爭我奪的東挑西選，撈到一件看上眼的，抖它兩下再評頭論足一番。事實上，女生就是女生，依據消費心理的研究，女生購買慾常依情緒而轉移，所以有時是盲目的亂買，只要她當時喜歡，可不管買了是否有用。當然另有一特點，就是她們喜歡動手摸一摸，並且品評一番。在這種地攤上挑東西，簡直跟撈寶一樣，有時確可買到很合適的成衣，但常常是不太滿意的。其實這也難怪，想想那些東西，一則價廉工粗，再則不知已被挑

三揀四的選了多少次，看上眼的早被買走了，所留下的存貨常有瑕疵，除非在新貨拆封時，又有新花樣挑。

不過也不能說地攤貨就沒有人買，到底人還是見仁見智有差異的，你看不上的，我可能對上了眼，所以地攤上還是經常有一大堆的人在搶購。

萬華夜市賣的，大部份是女生用品，舉凡：成衣、內衣等應有盡有；另外就是嬰兒用品。只有一兩家牛仔攤，兼賣男女牛仔褲、牛仔衫算是唯一的點綴在賣男生的東西。時間還早，雖然還有好多家地攤沒有開市，還在整理販賣品，可是來逛的人已經很多。如果略加檢視，很容易的就可發現女生佔大多數，她們大多是三、五成群的；至於男生呢？只能偶見一、二，稀稀落落的，而且大多是陪伴女生而來。有人說，女生三大喜好是：逛街、講話和吃零嘴，證之逛夜市男女比例懸殊，對逛街的喜好來說，誠屬不虛。

妻和我夾在人群中，我一向不喜評頭論足的東挑西選，所以只袖手旁觀；而妻則不管是襯衫，是牛仔衣或者內衣褲，反正在她周遭所賣的東西，她總要摸它一把才過癮，雖然說我們今天到夜市的目的是買尿片。

走到一個男攤販旁，妻問著「有沒有尿片。」

「這裡。」攤販揚起指頭，指一指尿片的地方，又低下頭去整理他的東西。

「怎麼賣？」妻用手指摸摸尿片並且問著。好像就這樣一摸，就可以知道品質的好壞一樣，這是買東西的第二句話。

「一打一百四。」攤販仍低著頭說。

接著妻進行購物的第三步驟，那就是挑出的東西，再仔細的瞧它幾眼。我以為再下去，妻會照慣例拿著東西挑剔這挑剔那的，再不然則噘起嘴唇嫌東西太貴。閩南語有一句話：「有嫌才會買，沒嫌沒買。」似乎先要有批評，才會進行第四步驟，殺價和付款。可是老妻放下尿片，揚揚眉問：「還有沒有比較好的。」

這倒出乎我的意料之外，她今天竟然沒有嫌這嫌那。我暗想一定是她不滿意，想想老大用的尿片，都是在大公司或者百貨公司買的，每打價錢總是要四百以上，至少也要在三、四百間，而且一口氣買了整整七打，以老大當時買的價格來看，如今只有一百四，似乎不應該認為貴的。

有人說：老大最有福氣，老大是寶，誠屬不虛。記得生老大時，買的都是名牌，都是水貨，而今卻節省得到地攤去買，我真該為老二叫屈。記得有次，為老二買地攤貨，妻曾笑謔的自嘲說：「我要寫信回去給老大，他爸爸現在淨買便宜貨，他爸爸已經不關心兒子了。」

生活在台灣，生活在文明社會的今天，事事講究營養衛生，事事要求能保護人體。我們似乎都已經忘了抗戰末期或剛撤退時，那種物質貧乏的窘境了。大陸撤退物質最貧乏時，我正值八、九歲，有記憶的童年；因此，至今仍常自我提醒比較，比較過去和今天，生活上自然較能隨遇而安，樂能享，苦也能吃。

「沒有，只有這種。」攤販蹲在地上，神氣的說。那口氣，像是愛買就買，不買拉倒一樣。

116

　　妻拉著我，一聲不吭的就走；換到了另一家，那地攤販也是在整理東西，還有許多紙箱沒解開。

　　「尿片。」妻問著。

　　我們跟著男攤販轉到後頭，他熟練的解開一個紙箱，迅速的掏出一包尿片，揚揚手說：「這種。」

　　妻審視良久，才問：「多少錢？」

　　「一打一百三十。」

　　「買三打，一打一百二。」妻俐落的還價。

　　女攤販搶著說：「不行，一打一百三，不打折。尿片我們只是「加減」賣的，尿片利潤最薄，我們還不想進貨哪！」似乎女人比較瞭解使用殺手鐧，我想她八成是看出妻有意要買的，所以故意表現出不屑賣，好抬高售價。

　　我屈指一算，每打一百三，三打只不過三百九，跟老大的尿片相比，還不夠老大一打的價錢，所以輕輕扯了一扯妻的衣衫，低聲的說：「隨便啦。」

　　妻轉身滿含自信，悄悄的對我說：「我再殺殺價。」接著她又轉向攤販說：「三打三百八。」少了十塊錢。

　　「好吧。」男攤販臉不抬，一口氣答應，似乎他忘了他老婆說的話，又是不打折又是不想賣的。

　　包好尿片，我們又逛到另一家的地攤前看看，妻想順便買件汗衫。

　　「一件多少？」妻問攤販。

　　「四十。」

　　「二十五啦。」妻狠狠的砍價。

「三十。」攤販肯定的降價。

「好，買兩件。」妻一面口裡應著，一面仍仔細的審視汗衫各處的縫合處，她是怕拿到脫線的劣品，增加麻煩。

其實今天真不該出門的，上班太忙太累了。雖然我硬著頭皮陪老妻機械似的逛街，可是一等到買齊東西，我已沒有心思再耗下去了，而想要盡快的回家休息。可是妻好像意猶未盡，所以我只得硬拉著她走開。其實妻之愛逛街，似乎已到了廢寢忘食的情況。記得有次，我們餓著肚皮仍然繼續逛了大半個百貨公司，足足耗去兩個半鐘頭。她還說她曾口袋一文不名的，到百貨公司去逛，就如同蝴蝶飛舞在花叢中的，這裡看那裡瞧的，也蠻過癮。

我半拉著她，半詢問的說：「可以回家了吧。」

「我再問問價錢？」妻還意猶未盡的說：「看看有沒有被騙。」

「算啦，算啦，老大的尿片一打四百，這種尿片一打才一百三。何必嘛，就是不要本錢，淨賺妳的，也只不過賺妳一百三十元，何況三打還便宜了十塊錢，再說就是買貴了，難道要去退貨！」

「好，好，不問，不問。」妻快快的說。終於可以回家休息了，我心裡一陣輕鬆說：「搭野雞車。」

「看看嘛，班車有位子就上車，班車沒位子再搭野雞車。」妻又討價還價，好像非省下任何可省的錢不可。

到了公路局候車站，我遠遠的就看到野雞車停在那兒叫客，正想去問問到不到板橋；萬沒料到的，此時適巧有輛公路局的車

子「刷」一聲靠站了。妻挺著她七個多月大的肚子，快步的一衝就衝上車廂裡，此時我只得緊跟在後。上了車一看，哇，已經有七、八個人沒有位子坐而站著了，哪還有其他的位子可坐呢？

　　上了車，妻不等我數落她，不舒服舒服的搭計程車；老妻就嫣然一笑，洋洋得意的說：「又省了二十元。」那情態，哪像她未婚時的哪！

（刊1981.08.09台灣日報）

如此外甥

　　阿雄是我二姐的大兒子，他底下有一弟一妹；在家他自稱老大，總是當仁不讓的發號施令，命令這個，命令那個。一弟一妹若膽敢不從，總是飽以拳頭，以武力制服，把一弟一妹打得服服貼貼的，威風八面。

　　上次我住二姐家時，他還是奶娃一個；沒想到，這次北上謀職，他已是國小四年級學生，大得既調皮又搗蛋又愛整人，有時連我都拿他沒辦法。

　　有一天，我帶他們三個小蘿蔔頭上青年公園。「走著去好啦，不用搭計程車的，反正那麼近！又省錢。」臨行節儉持家的二姐叮嚀。

　　「好啦，好啦。」阿雄有點不耐煩的說。那時正是中午一點多，熾熱的太陽，眩目刺眼，而且令人感到燥熱。連柏油路都散發著熱氣與躁熱，還沒上大馬路，而汗珠已不知不覺的掉下來。「我們坐計程車嘛，這麼大熱天的。」阿雄央求著。

　　「你剛剛不是答應你媽媽，不搭計程車，省錢的嗎？」

　　「那時是那時，何況只要二十三塊，很便宜的又派頭。」他老氣橫秋的說。

　　「二十三塊不是錢？」我反問。

　　「唉唷，在銀行的，還怕沒錢。」阿雄揶揄著。

「好吧，好吧。」我勉為其難的同意。在台灣，若果一聽到是在銀行上班，總認為是「金」飯碗，有錢！其實我只是雇員，手上算來算去摸來摸去的，都是別人的錢；若談待遇，由於經濟發展，私人企業抬頭，其從業人員的待遇反而較銀行員高多了。

青年公園範圍很大，且佈置了很多假山、假水、山坡、草地。假日裡遊客還真不少，園裡處處洋溢著歡笑的情趣。

草坪很平坦，綠油油的；七月的台灣，雨水充沛而且陽光充足，使得每一根草都生氣盎然，這使得他們有著往上踩踏、跳躍的衝動。只見一轉眼，兩個男生就奔上了草坪，似是要去感受那份軟軟的舒服感。這種衝動勁是可以理解的，這一代的都市小朋友活動空間縮小了，整天蝸居在公寓裡，面對的是電視、牆壁和桌椅。除了偶而的郊遊踏青外，那有看得到接觸得到的花草、樹木和泥巴的時候。如今面對那麼大的一片草坪，該多新奇，多雀躍，多誘人呀！

但這種行動是多麼沒公德心的呀，我急急指著「不要踐踏草地」的標示，吼著叫著：「叫你們不要踐踏草皮，回來！」可是他們依然故我，充耳不聞，仍然逕自在草地上跑來跑去，一點也不聽我的了！

這時我只得恐嚇著，吼著說：「叫你們不要踏草皮，偏要踏。以後再也不帶你們出來了，還不快回來，我回去了！」這才把他們的野性控制住。

回家，我告了他們兩個一狀，二姐很理解的說：「他就是這樣，上次你二弟帶他們去玩，也是說什麼走路太累，市區車太

擠，人一大堆的，最後也是搭計程車回來；而且也不聽話，叫都叫不動。」

阿雄比弟妹年長，體能、智能當然在弟妹之上，所以總是自認自己最能幹，最英雄，最聰明了。我得想想法子，洩洩他的威風，挫一挫他的銳氣，讓他不要那麼自負。過度的自負，會害了他的一生。

有一天，我和他挑戰。當然我是大人，他是小孩，就是勝了他也是勝之不武的；但為了挫他的銳氣，讓他不要那麼自負。「喂，阿雄，我們來玩遊戲，任你挑，如果你輸了，你就不要稱英雄了，如果你贏了，我獎賞你五十元。」我提議著。

「好呀！」他很英雄氣概的滿口答應，不愧有大將之風。

「先玩什麼，跳棋好嗎？」我又提議。接著我們對打跳棋，其後又玩象棋，當然我把他打得唏哩嘩啦。這一算，我是贏了兩樣，他滿臉訕訕然的，好失望的晃晃頭，突然他好興奮的提議說：「我們來玩跳繩！」

這時我的心往下一沉，完了，玩跳繩我可完了，穩輸的。看他平時一跳跳了一百多下，亂嚇人的，這可不是靠年紀或者經驗就可取勝的，這是靠訓練技巧和體能的。

想想不對勁，若是比賽跳繩，我是穩輸不可的，可是若果讓他贏了，他不又有可神氣的項目了嗎？我總得找理由搪塞，轉移，我說：「酒席，自己沒空不吃，可不可以要別人代為去道賀去吃？」

「可以呀。」他爽朗的應著。

「『鈴噹』來了，我可不可以幫你倒垃圾。」我又問。

「可以呀。」他又回說。

他是被我套牢了，所以我接著這麼說：「來，那我可以請你弟弟代勞了！」

「那怎麼行！」

「怎麼不行！剛剛不是說，可以找人代勞的嗎？」

「好吧，好吧，賴皮！」阿雄心不甘的答應了。這時問題只解決了一半，我還要說動他弟弟代勞呢，而且還要希望他能贏。其實他弟弟是雞蛋碰石頭，贏面渺茫！想想平時他哥哥跳一百多下的，他只跳三十幾，但至少阿榮跳得比我好。

「阿榮，你幫我跳，如果你贏了，我給三十元。」我賄賂他，以金錢引誘他。

「五十。」他也討價還價的。似乎生活在今天的工業社會中的小孩子，都比我當時那個年紀的人現實。

「四十好了，要五十，我自己跳。」我開出了條件。

「好嘛。」看在錢的份上，他也想試試；只是他向他哥哥眨一眨眼，當時我並未在意。

接下來是決定誰先跳，本來我和阿榮都主張阿雄先跳，但阿雄也向阿榮眨一眨眼的。這時，阿榮反而搶著要先跳，這倒是蹊蹺得很！

阿榮的技術本來就不好，或許心理負擔太大，今天他竟只跳了二十六下，就絆住了！接著換阿雄跳，可是也怪，平時跳一百多下的人，今天竟只跳了二十下就絆住了。

我掏出四十元獎賞阿榮，謝謝他幫我贏了跳繩比賽。阿榮高高興興的走了；可是不久，我竟然聽到他們兩個人在房裡講話。

「給我三十元。」阿雄說：「我不讓你，你絕對贏不了我！」阿榮是否給了三十元，我可沒聽到；但我很快的就看到阿雄滿臉喜悅的走出來。我明知故問的說：「幹嘛，笑得那麼開心。」

「我讓他的，我不讓他，他絕對贏不了我，哪來的錢賺！」阿雄瞪著我傻笑了一下。

「好吧，好吧，至少我贏你兩次，可見我的能力強，以後我管樓下，你管樓上好了。」我跟阿雄劃定勢力範圍。這至少剝奪了他一半的勢力，嗣後他們兄弟若是在樓下爭吵，或者搗蛋，我就可以理所當然的排解或勸解糾紛。

當然，阿雄並不是專會搗蛋的而已，他對機械和飼養魚、鳥都很有興趣，為了鼓勵他發展這方面的興趣，我聲言若是他要買魚、鳥或電動玩具等，我都補助他一半的錢。

也多虧他這麼調皮好動的小孩子，竟然也有耐心每天餵魚餵鳥的，還要清除鳥糞，一兩個禮拜也要換水一次的；所以二姐家的魚缸，總有一大堆的魚悠游著，而且不時有鳥鳴婉囀，增添了不少鄉野之趣。

有一天，他養的金魚病了。我告訴他：「加點鹽水，可以增加金魚的抵抗力。」他不太相信的要我翻書給他看，我就把前天買給他的兒童科學叢書裡有關金魚的故事翻給他看。想來，他是還沒有看到這本書的。

他看完後，就用茶杯盛滿水，並且加了一點鹽下去，而後搖了搖，讓鹽巴化掉；再把金魚置於其中。沒多久，果然金魚較前活潑有生氣了！他樂得兩分鐘就跑去看一次，直到該睡覺時他都不睡，最後惹來二姐一頓罵，才心不甘情不願的上床。

次日，我醒來，只聽樓下阿雄在哇啦哇啦的哭；也奇怪，平時愛睡懶覺的人，今天倒是起得早。

「我的金魚呢？茶杯怎麼空了？」這是我剛剛聽到的一句話，講話的人是阿雄，語調上帶著恐慌與驚訝。

「誰曉得你放了金魚！我以為是喝過冷開水的杯子呢！」我聽到二姐在辯解，接著她又說：「倒掉了。」

下樓一看，阿雄紅著眼眶，似有無限的委屈與失望。但當我吃早點時，阿雄從後面走了進來，臉上帶著神秘的微笑，手拈金魚尾巴，也不知道他是在那裡找到的。我趕緊拿了杯子去盛水，讓他把金魚放進杯裡，一面問他：「那裡找到的。」

阿雄帶著一份自滿欣喜的說：「終於找到了，從小排水溝中找到的。」也虧他有那份耐力，竟蹲在小水溝旁找了老半天；只可惜，那條金魚放入水中已奄奄一息了，沒有多久就翻著白肚皮死了！

「為什麼會死掉呢？」也許是他對生死感到不明與恐懼，他接連問了我好多次；可惜我也莫明其妙！看來，只得讓他自己嗣後去找答案與理解了！

「這麼笨，連這個也不知道，虧你還是大學生！」他有點不以為然的說。

「你會不會！」被他「虧」了一句，「虧」得我臉面無光。

我反問他：「為什麼你不會！」

「我還小嘛。」他以小來做擋箭牌。事實上，我能不承認他還年幼，還可以不懂好多的事嗎？

（刊1981.09.04台灣日報）

行路難

　　越來越多的人戴上口罩外出，越來越多的人戴上口罩看電影、走馬路、工作辦公，戴口罩是保護自我意識的覺醒，是由於教育的認知；可是，我們深一層看，如果不是廢氣和垃圾污染了道路、工業廢水、家庭污水，和垃圾、油垢污染了河流，我們何至於此，需要帶上口罩外出。

　　我需要認真考慮戴上口罩這件事了，當我一覺醒來，夏日早已撒滿金光，雀鳥在陽台盆花上喧鬧，空氣微微涼，這是一個美好日子的開始。

　　但是，這真是掃興的事了，我突然又感到鼻子裡癢癢的，癢得張著大嘴巴連打十幾個噴嚏猶不止歇。我不知道這是冷熱風突然交會的關係，還是空氣不潔的關係；自從十幾年前，我從南部的鄉下北上，就時常在冷天裡以及不潔的空氣裡打噴嚏，並且鼻子也成了過敏鼻。我清了一下鼻孔，指尖上是髒污的，我不知道那塵埃、灰燼是那裡來，這裡並不是馬路上，嗅不到車陣刺鼻的嗆味呀！

　　在晨曦裡，哪個人不喜上頂樓多吸幾口新鮮空氣呢？我上了頂樓，也如此希冀著。可是，當我放眼四望，幾十支煙囪正大冒黑煙，煙如黑龍飛行得很長，足有十幾、二十倍煙囪身高那麼長的時候，我突然感到窒息了。記得小時，地理課本上出現的工

業區的圖片，必然有煙囪林立以及直冒著的濃煙；那煙囪以及濃煙可不簡單，那是工業化和財富的象徵，可以引以自豪的進步形象。可惜，現在看在眼裡，卻只有驚恐與不滿，為什麼大好的早晨就會被冒著濃煙的煙囪去煞風景，去害己害人呢？

我再度清清鼻孔，發覺鼻垢早有一堆，說不定那些煙囪總是趁著晚上別人不注意時偷偷的排放出去；今天可能有失警覺，否則怎會還在冒煙呢？

我憤怒的下樓，也好趁星期一總該早點上車的，否則只得遲到扣錢了！

斜過巷衖，就注意到大馬路上擠滿了車輛，我不得不急急的跑了起來，又是塞車的日子了！

我仔細瞧瞧前方，原是兩線道的路竟搶成三線長龍車陣。會堵車的，我當然不敢上車了。我小跑著往前，「嘟」一聲，一部機車自我身旁擦身而過。我嚇了一跳，趕緊往走廊邊閃躲，接著三陽、山葉、石橋以及偉士等機車，接二連三性急的飛竄前行。老天呀，人行道成了機車道了，還有行人的安全嗎？

馬路上各式客車、貨車停停走走。而不管停或走，排氣管的黑煙總是一縷縷吐出，陣陣汽車廢氣味沖鼻而入。我又打了一個噴嚏；我更挨近走廊，心想退縮至此總可以安心走路了吧！沒想到一輛石橋機車，自身後追馳而至；其聲迫人，未至身後早把我嚇進別人的店舖裡了。我是肉做的，和鐵做的相對抗總非善事，還是安份一點，「讓一步路保百年身」。

行行復行行，廢氣瀰漫整個街上，我看到路旁小吃店的食客掩著鼻猛吃涼麵，有些食客皺著眉一副不耐煩。確實一面吃著食

物，一面吸著廢氣、塵埃，夠令人難受的。

　　走到十字路口，那裡有塊空地，舊房子早拆了，準備另蓋大樓；那裡的走廊上以及人行道上，都堆滿剛拆的破碎磚石。本來我想自其上行過的，可是看那坑坑谷谷的，並不是適合走路的地方，我只得搖搖頭，冒險走進慢車道。當我一腳跨入，就有汽機車猛按著喇叭，還有一些汽機車在身後噗噗響著，我急速走著，不覺匯入紊亂、焦躁、匆急的氣氛裡。我一頭一手的汗水，我被捏緊的心窒息著，我打了幾個噴嚏，終於走過那個工地的路段。

　　或許我該為別人想想吧，這裡不久之後會有巍峨的大廈矗立，那將是美侖美奐的巨構，到時我就可以享用它所提供的各類服務，比如百貨公司、小吃街等。

　　到得十字路口，前行是紅燈，我不耐煩的等著換燈。左右兩旁的車子緩慢的，但很急躁的行進著。排氣孔響得很吵雜，我焦急的看看腕錶，還有二十分鐘就上班了，我該趕快走。可是心越急紅綠燈變換得似乎越慢；當綠燈亮起，我踏出的步伐卻又縮了回來。我恨恨的看著右轉的車子毛躁的轉彎，阻止我的去路，而路燈旁「行人道行人優先」的告白，令我感到滑稽。

　　等車子走完，我急急跨出右腳，此時已然紅燈亮起，我又不能前行了！我又等了幾個綠燈，才找到空隙穿過十字路口；回頭看看，馬路中間還有幾個人手牽手顫危危的站在馬路當中，他們正被兩路右轉車和一路的前行車困在馬路當中了，沒有哪個駕駛人注意到他們！

　　除非我們的交通改善，以及建立人行道與綠燈的權威；否則這種令人進退兩難的險境，依然要不斷發生。

　　我在靠近河堤的站牌上了車，此後只要過一座橋就是台北了。那些燃燒不盡的廢氣依舊瀰漫，並且自窗外猛烈的飄了進來。我關上了窗戶，阻止廢氣進入車廂；可是夏日的高熱又令人煩躁，我只得又開窗。我就一路上如此的開開關關著窗戶。我真的迷惑了，開窗廢氣就竄進來，關窗就燠悶。我在車上枯等著、焦急著，每輛車都很急躁；但每輛車還是走的很慢，可不知是胡亂搶道導致行車難，還是原本路就是難行。

　　終於挨近陸橋，我看看腕錶，時刻已是九點正；開始上班了，再趕也是遲到罰錢！

　　我故作悠閒的望望橋下的河流，有些魚在橋下嗷嗷待哺，是那麼喘息著的在生活著。難怪了，河流上面處處漂浮垃圾、油污，河邊還有腐臭的爛泥巴，如此這般的，魚兒怎能快活？我趕緊把眼神收了回來。記得小時在小溪旁垂釣、抓蝦，那是多麼悠閒！清澈的溪流是多麼的令人遐思呀，而今的河流，卻被戕害成這般狀況，真是令人不敢卒睹。

　　車子終於進入台北市區，交通依舊是阻塞的，正考驗著每個人的耐心。

（刊1986.08.11大眾報）

小販叫賣聲

　　夜已深沉人已靜，天上的星星慵懶的眨著眼，似有無限的睏意；燈稀稀落落，車也歇了，大地正蜷伏在冬夜之下。

　　此時突有由遠而近的叫賣聲，一聲聲的「燒肉粽，燒肉粽」穿空而來，劃破了小巷的寧靜。我趿著拖鞋，急急的衝向樓下。那小販已消失在巷口，一輛「卡達卡達」響的腳踏車，帶著一木桶的燒肉粽在叫賣兜售，也帶著一季冬意的料峭與心酸，撒落在小巷裡。

　　目送那小販的消失，我仍佇立著，而且播下意猶未盡的側耳聆聽，那一聲聲的叫賣聲。那繚繞在冬夜之下小販的叫賣聲，是太熟悉了。這鄉音的叫賣聲，這環繞我童年生活小販的叫賣聲！

　　童年在鄉下，小販的叫賣聲終日不絕於耳，一忽兒是叫賣仙草冰的，一忽兒是賣水果的，再不然就是賣烤蕃薯的，或者賣爆米花的、麥芽糖的，他們或者騎著破舊的腳踏車，或者推著推車前行，偶而還會搖響幾串「鈴噹聲」，但總是有一個共同點，那就是他們都是赤足行走的純樸鄉下人。

　　是太遙遠了，那童年的記憶是太令人興奮與感到親切了；可能是生長在鄉下，所以對鄉野的質樸特別感到親切，特別有好感。

　　屋角有璀璨的塑膠花，那是可以日日春一成不變的塑膠花，那是可以時時如此模樣的花。只是呀，總覺得它沒有生命感、沒有陰晴圓缺、沒有泥土的芬芳味，也沒有四時的變化。北上工作一晃十年，終日汲汲營營，早已遺忘鄉野的情趣，早已忘掉靈性的提昇；今日偶聞小販販賣聲，方驟然驚覺我還有童年的回憶，還有對鄉野純樸與親切感的嚮往，就滌去汲汲營營的念頭吧，讓我回歸故鄉，回歸故鄉去尋覓童年的足跡與記憶。也或許今晚就夢回故鄉，去重溫那童年的回憶，也和故鄉的老榕樹一訴衷曲。

（刊1981.11.24自立晚報）

買瓶啤酒吧

　　是哪一天電視突然模糊的，我已經忘了；只記得收視不良的情形已經有二個月之久了；反正下了班，接兒子回來以後，兒子早已看過卡通了，毋須再打開電視機。而妻跟我把下班時間也排得滿滿的，很是緊湊，除輪流陪兒子練鋼琴以外；若果兒子獨自玩玩具，她則靜下心專心的看教科書，我則看報或者寫一點東西，如此搞到十點半或十一點，已是該上床睡覺的時間了。所以電視在我家，有時只是裝飾品，我是難得一開的，因之對畫面不清晰的情況，我並不知道。只是，妻總是認為，那是疙瘩一個，就催我幾次去請人來修理，我仍不痛不癢的沒把它當一回事。

　　直到有天妻回來說，她公司辦分期付款，她順便問了一下電視故障的原因。廠商說：三台只一台模糊，那是天線的問題，只要換個天線，六百元就可以了。

　　因為那家公司在郊區，距離較遠，所以妻沒跟廠商約定修理的時間。當時她也提議到附近看看，至少什麼價錢已經有個譜兒，如果價錢合適，不妨就找附近的店家來修一修就好了。那時，她採緊迫盯人的方法，我只得繞道去代理商處看看，可惜代理商說他們不修天線，裝修天線要到服務站去。這一聽，我也懶得再跑到服務站，反正問已問了，任務雖沒有達成，至少已費了口舌，當下打道回府，修電視的事情又擱下了。

　　這之後的幾天，就是中秋節。那天下午，妻再三催促說，該修電視了，她說她有錢，而且她的妹妹，也就是我的小姨子要來。

　　我說：「那就看別台好了，至少還有兩家電視台可以看。」

　　妻說：「不，那節目不是聯播的，只有台視才有，那是鄧麗君的勞軍專輯。」

　　一個人的偏好不易改變，而且電視壞了這麼久，不修理確是不像話，所以我只好到日前散步時發現的那家服務站去。

　　服務站只有一位職員坐在辦公桌後面，想來修理人員大概都還在外頭奔跑了，今天大概沒法修了。但我仍硬著頭皮說：「希望修理人員有空可以跑一趟的，據你們的經銷商說的，我家的電視是天線壞掉，可以不可以跑一趟修一修？」

　　服務站的人反問我：「他們說三個電視台只有一台壞，模模糊糊的，那就是天線壞了。」他又反問我：「天線用多久了？」

　　我答說：「兩年。」接著他肯定的說：「那就是天線，用兩年了！那不用考慮了，該換天線了。」

　　我接著又問：「那可不可以派人來修？」

　　這時他很懇切的說：「我們的天線都是委託電器行裝的。每家工錢都一樣，你自己換換看嘛。何況陽台上天線那麼多，如果沒裝過，就看看別人的天線是怎麼裝的，反正現在的天線都是規格化的，只要組合一下就好了。」

　　他言下之意就是今天沒法派人去換。此時，我只得訕訕的道了謝，依言到電器行問有沒有人手可以去換天線。

老板娘說：「老板不在出去了，明天好不好？」哇，修是可以修，卻又是要明天！我想著老婆今天可是要看鄧麗君的電視，電視是非今天修好不可的了；可是電氣行又沒人手，該怎辦！繼之一想，何不照服務站的人之所言，自己動手修一修。當下我問：「那買一個天線要多少？我自己換好了。」

老板娘說：「一百三十元。」

我心裡仔細盤算著，本來那邊的廠商說要六百元，這一減就是省下四百七。怪，工錢怎的那麼貴！這一考慮，更堅定我自己動手的意願，但又想到自己原本是學商的，若果是打打算盤或是記記帳的，倒是合適的很，還可以勝任；如果碰到理工的，原本就怕，甚至有次遇見理科學生的異性，我也都不敢追，可見我心理上對理工科是怕怕的。今天我自己動手裝天線，若果裝不來，怎辦？總要預留個後步的，所以我接著又說：「我裝裝看，如果裝不來，明天再請老板幫忙，工錢照算。」

我當即把盒裝的天線帶回家，跟妻說我自己來裝好了。

妻滿臉狐疑的說：「你會裝嗎？別把電視搞壞了，還是叫人來修好了。」

這可真把我看扁了，真像什麼電器之類的東西我都沒法修一樣。我的心中不自覺的浮起不服氣的念頭，我真該用心的做一做的，也好把她這種瞧不起人的氣勢改變一下。但妻說的也是事實，這碼事一向沒換過，何況對電器類的東西，我確實是門外漢，又無這方面的知識，不能觸類旁通，能不能修好也沒把握。可是天線已經買回來了，總不能馬上下台一鞠躬揚長而去，不換了；所以只得搬出服務站的人的話來安慰妻：「服務站的人說

的，那是很簡單的事，只要照別人做的樣子裝一裝就好。反正屋頂上那麼多的天線；而且我已經和電器行的老闆說過，裝不好明天請他們來裝。」這才穩定了軍心。

我上到陽台上，抱著畏怯的心情，把紙盒拆開。裡頭是許多的外面包塑膠皮的管子，有些地方還附著螺絲，每根管子中間部分均加註記號。但我還是很沒自信的依著別人家的天線，開始一根根的裝上去，一根根的穿進孔中，上了螺絲。不及半個鐘頭，我終於依樣併湊完成。然後接上線路，再依照別人家裝置的方向固定好。心想該不至於如此簡單的吧；可是仔細的再瞧一瞧，那些管子沒有任何的零件剩下，也沒有那個地方該裝上別的什麼的蛛絲馬跡，我只得狐疑的下樓把電視打開。這時，但見電視畫面一直跳動不已，心想莫非裝置錯誤了。我又急忙上樓再檢視一下，沒有呀，跟別人家的天線完全一樣的。我再下樓調整畫面，慢慢的畫面穩定了。哇，多清晰呀，這畫面的影像就跟新買的電視一樣的清晰，我當場心裡真是高興。我不禁興奮的說：「修好了，修好了！」

妻在廚房聽到，也是歡欣的。她有點像褒獎的說：「那你省了四、五百元了，去買瓶啤酒和沙士回來好了。」

那啤酒，我喝了；而沙士則是兒子和小姨子喝掉的。妻沒喝半口，她原本就不愛喝酒；而對於沙士，她說那味道就跟喝藥水一樣，有很強的「藥味」。

這時我又想起幾十年前當兵時，有位充員戰士的專長欄特別加註「修天線」一項。在某個機會裡，連上問有沒有人會修天線的，那時就只有他舉手說會修，似乎裝天線在當時也是一門不簡

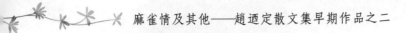

單的技能。而這一印象也一直留在我的腦海裡。哪理知道,曾幾何時時代的進步,已把各種零件裁得便便當當的,只要買回零組件,略事費心,就可以自己裝配了。

(刊1981.12.16台灣日報)

媽媽的麻油細麵

好幾次，我買了細麵，興沖沖的揚言要做麻油細麵吃。我照媽媽的作料，麵裡加麻油加瘦肉，再打個蛋，上鍋前還加點米酒。

第一次做細麵時，在上鍋前，我還加了點鹽巴，那是自以為是中菜，除榨菜肉絲或蚌殼外，都要加點鹽或醬油調味的。內子嘗了一口說：「是打破鹽缸了，太鹹了。」這使我憶起細麵本身帶點鹹味，烹調時不用再加鹽巴。

第二次做細麵，我留意著不再加入鹽巴，可是待細麵上鍋，不一會兒工夫，麵湯就通通不見了，全被細麵吸乾了。內子說：「是在吃麵團呀，乾乾的。」看到那種細麵，黏成一團，用筷子挑也挑不開的勁兒，我不自覺的感到好笑，作菜、作飯可不是想像中的那麼簡單的一件事。

第三次做細麵，我留意著水要加多，以免黏成一團，也留意著不再加鹽巴，以免味道太鹹；等上了鍋，內子品嘗一口說：「好吃！」可是，當我嘗一口後，我發覺味道還是不像，不像媽媽做的麻油細麵。

從高二離開家鄉，住到嘉義以來，接著南下讀書，北上當兵、做事，我就很少回家了。我只在逢年過節或者有較長的假期，才能抽空回去；而每當我囊著異鄉的塵埃，以及一身的疲憊

走進家門，媽媽總是慈祥的問我，吃過飯沒有？

「沒有。」我如是回答。我知道，我是回來吃媽媽親手烹調的麻油細麵的；所以雖然有時已是下午一點多或者晚上七、八點，已過了正常的用餐時間，我還是忍著空腹，不在中途吃飯。

「那我給你下個麻油細麵。」媽媽說。「好耶。」我爽快的興奮的回答著。

離開家鄉一、二十年了，下個麻油細麵的對話也不知道重複過多少次，而我們仍是如此的重複著。正如媽媽的慈祥與愛的永不改變，也正如我對媽媽的惦念與希冀獲得她的慈愛的庇護，永不改變一樣。

媽生了火，二十年前用爐子燒柴。今天則用瓦斯爐「啪」一聲的打著了，而後倒下麻油燒辣，再倒下瘦肉爆香，再加水煮開，然後下了細麵，打個蛋，而後在上鍋前加點米酒下去，用不了十分鐘時間，一碗香噴噴的細麵就完成了。瓦斯爐是比以往用爐子用柴火炊煮的方便多了。

烹調過程裡，已覺滿屋麻油香味，也混合著米酒的辛辣直沖鼻尖。待上了鍋，更引得我饑腸咕嚕咕嚕的鳴叫。我一箸下去，挑出一大把白白的細麵，讓它掠過漂浮的麻油，條條細麵都沾滿了麻油，帶著一層可人的咖啡色，我就狼吞虎嚥的吃起來了。不消五分鐘，我已把一大碗的麻油細麵送進肚子裡，把空腹填飽，也把饞蟲填飽。

當媽媽做麻油細麵時，我就在一旁陪著她。媽媽一邊手動鍋鏟，一面和我閒話家常：比如什麼時候那個兄弟回來啦，最近在做什麼事的。我也把我最近的情況詳加報告。我一再承受媽媽

的慈愛與關懷，此時那一縷在異鄉為異客所積留的塵埃，以及那份思鄉思親之情就一逸而散了。我愛媽媽的麻油細麵裡的那份平淡，也愛我故鄉的溫馨，更愛我媽媽的慈祥母愛。

世上每個為人子女的都會認為他的媽媽最偉大；我也作如是觀。尤其，當我想起我媽媽原是當地首富之長女，原是在豐衣足食的環境裡成長的姑娘，而嫁我爸後，她所過的生活是寅吃卯糧，是三餐不繼的日子；但她老人家卻能甘之如飴，一心一意的撫育子女，讓子女還能立足社會。

人而能從繁華與絢爛裡復歸平淡、貧乏，那是須要足夠的耐力與愛心，方得以致之的，我媽媽是做到了這一點。又如她平時的縮衣節食、無怨無尤，她對子女的愛與犧牲，她所具有的台灣農村婦女的美德，以及任勞任怨，以及寧可自己吃虧不與人爭的淡薄，不沾別人便宜的坦誠，還有對家人、對別人，永遠表現出的慈祥與愛心，都是我所衷心感佩的。

我愛媽媽的麻油細麵，我更愛媽媽崇高的人格與平淡的生活態度。

（刊1982.05.09中央日報）

養兒方知父母恩

　　婚後，妻子的肚皮一天天的大了，經過漫長十個月的懷胎，終於產下一子。伊生產前，不只見其嘔吐不適，見其不思飲食，更見其行動蹣跚、笨拙不便，而且見其在產房汩流豆大的汗，緊抓我的手，咬我的手肉，一副緊張狼狽的狠勁，甚至呼天搶地意欲一死，以求解脫生產之痛苦。

　　這懷孕生育的事，我雖不忍其痛苦，卻是幫也幫不上忙的；惟有等待子女產下後，那些包尿片、餵奶、哄睡等事，可以插手分勞一些，因之這部分的工作就落到我的身上了。

　　但，更痛苦的是，半夜要醒來二、三次，又是換尿片、又是餵奶的，睡眠總是一忽兒被中斷。起先幾天，還可以勉強撐下去，日子一久，連續的睡眠不足，就帶來疲累矇矓的意識了。

　　看，我又被打醒了。我睜著惺忪的睡眼，意識裡還沒完全醒覺究竟自己身在何方哪。妻抱起兒子，一手哄著，另外已在催促我去沖奶；我搖晃著蹣跚的睡意下了床，一步步的走過去。我拿起蒸鍋裡的奶瓶，又是灌水，又是加入奶粉的，還猛力的搖晃了幾下奶瓶，以期奶粉沒入溫水中溶解掉，不會結成塊狀，比較好消化。

　　我機械的伸手接過兒子來，一面哼著：「乖乖，不要哭，奶奶來啦！」一面把奶嘴塞進兒子的小嘴巴。

「怎麼沒有加奶粉！」妻一把搶過奶瓶，高聲責備著。我猛的一驚，睡意全消了，我傻呼呼的望著奶瓶。可不是嗎？那奶瓶裡面，竟是空空如也，甚至連溫水都沒有。

「去睡，去睡。」妻催促著。

我回她一個傻笑，倒頭就呼嚕呼嚕的作夢去了。兩個鐘頭前，我才抱著兒子在客廳裡半失去知覺的踱方步，就只有兩隻腳在機械似的走著，只有兩手機械似的在輕拍著兒子的後背，累到想擰兒子一把，責罵他為何不入睡。

如果說，人沒有傳宗接代的義務，那是人人寧可不生子女的；但，人有義務，人還須克服那份養育子女的艱辛，這使我幻想起父母生我的當時，我不也是那麼的折磨他們嗎？不談日後的求學長大過程中，讓父母擔憂受驚的事，單從我所體會得到的，把一個小小的個體養育到會說話、會走路，就可以知道父母為子女付出的辛勞是無可計數的。

記得求學時，不知上進，竟日與太保、太妹為伍，還讓父母擔心不已；於今，自己有了子女，才品味出父母的劬勞與偉大，這真讓我更加的深感羞愧。

有一親朋，在出嫁前，就為了她媽媽的一句「女孩子讀那麼多書幹嗎？」而輟學在家幫忙家事，沒有上班。因之整天記恨在心，時時與其母作對，動不動就賭氣。待出嫁後，自己有了子女，卻走動得比她的兄弟還勤。她一回娘家，不但和顏悅色，彬彬有禮的侍奉雙親，而且自動自發的幫這幫那的，盡量使父母有些休息，可以保重身體。而且每次必帶雙親喜歡的東西回來孝敬，讓父母高興。原來自她養育自己的子女以後，她才深深感到

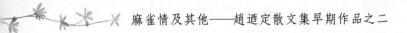

為人父母之不易，也體會出父母之劬勞而悔改以往之不該。

　　國外流行妻子生產時，丈夫應在旁陪伴。我認為，其意不外非僅讓先生日後能更加體貼妻子，而且是讓先生目睹生產之不易與艱辛，日後當能更瞭解父母之偉大，為人子女應懂孝順父母。雖「養兒方知父母恩」為時不晚，但若在其幼年之時，就能讓其體會父母之劬勞，相信孝子會多一點，太保太妹也會收斂一些。

（刊1982.07.29中華日報）

作菜樂

在大男人沙文主義者的眼裡，必是女主內。所以，一切的家務事，諸如作菜，洗衣，洗碗等，一定非由女性職司不可的；而我並非沙文徒，一向念在小家庭制度下，夫妻均在上班，白天同等工作，因之男人多少也應負起一些家務事的操作。

當然，我也不是女男平等的擁護者。曾記得，婚後不久，老妻在三八婦女節時要敲我請看電影，以示慶祝時，我曾憤憤的說：「慶祝什麼？婦女節，慶祝女人爬到男人頭上呀，變成女男平等呀，我才不幹。」因之惹來一場口角風波。

家務事做久了，也多少有點心得，尤其是作菜方面，我是最喜歡了，如果以作菜或洗碗或拖地來說，要我選擇的話，我一定挑選作菜。

作菜不外蒸、煮、炒、燉、炸、煨、燴等，講究色、香、味；亦即視覺上的美，嗅覺上的香，味覺上的的佳。當然，所謂的美，不僅五花十色的豔麗是美，即如紅燒蹄膀的焦紅有光澤亦是美。所謂嗅覺上的香，不僅是冬菇、扁魚或五香粉才是香味；就是肉、魷魚、蔥、蒜、香菜或五香粉，亦有其特有的自然香味；就是小黃瓜、包心菜的清脆，大白菜的煨爛，亦是佳品。

事實上，中菜的做法，並不如西菜的一律按固定比率搭配，何況個人口味不一；因之，我常不照食譜裡那種呆板比率的做法

去製作。尤其我喜歡不預先策劃，而隨心所欲的東買一點材料，西買一些配料；回家後，才考慮如何配菜的問題。這有時，就常缺東缺西，沒法吻合食譜的規範，我只得別出心裁的亂配一通。有時，竟也燒出特殊的美味，比如新鮮豬肉、臘肉和大白菜一起煲，味道竟出奇的好，不但使兒子多吃一碗飯，還連呼菜好吃。

當然，我作菜並非與生俱來，也是由後天的看、聽、讀、作，才融會貫通的，才能自然的增進功力。其實，對我來說，作菜並非勉力學來的；但迄今一般的家常菜，甚至於酒席菜，多少亦可得心應手的料理，此大概是興趣使然吧。記得，多次親朋來訪，都是我操刀下廚的，我依著或蒸或煮，或炒或燉等的製作法，各選取一、兩道，而後有如吃酒席一般，依序上菜，供客人逐道品嘗，竟也頗得美譽。

作菜，我一向把它視為一種藝術，一道菜如一件作品，而通過專注戮力去完成；因之，每當一道菜完成時，我就會油然而生喜悅與滿足。

固然，在掌廚的工作上，亦不是沒有失手過的，但每當發現哪一道菜動筷的人少時，我除立即品嘗，瞭解為何動筷子的人少的原因以外；我也會強迫客人，管他是愛吃或是不愛吃的人，人人有份，強迫推銷，務使那些碗盤見底才甘心。

有次，姪女來訪，我把蛋皮夾上大白菜的春捲，切那麼的一截強迫推銷時，只見姪女噘著嘴，幽幽的囁嚅的說：「我，我，我最不喜歡吃蛋，也最不喜歡吃大白菜了！」這真是乖乖隆叮咚，她最不喜歡吃的兩道菜，竟全湊在一起了。我看到她的媽媽用腳在桌底下撞了她一下，又使了使眼色。這時，我只得連扒兩

口飯，把個嘴巴塞得鼓鼓滿滿的，表示我自己開不了口的，也裝著不聞不問的沒聽清楚她在講什麼，否則萬一我開了口，那截蛋皮包白菜的春捲，又會溜回盤子裡去了，那不是太煞風景了嗎？

（刊1982.08.20中華日報）

孩子，別太倔強

　　我用左手按住兒子的肩胛，右手猛拍下去；連續幾聲輕脆的爆音發出，兒子大聲的哀嚎起來。

　　「叫你不要看，你還看，跟你說那對你的心靈的成長不好，不要看，偏偏不聽，幫你關掉電視，你還開，這不是抗命不服氣嗎？你是將來想當太保，還是流氓！」我邊罵著邊揮著手，於是一個輕脆爆音又在我的右手掌和他的小屁股接觸的那一剎那間爆裂開來。

　　妻聞聲慌張的衝過來，兩手胡亂的在圍兜上擦了兩下，架在兒子跟我之間，用她的軀體與慈愛衛護著他的寶貝兒子。事實上，就是她不來阻擋，只要兒子沒有反抗，我也不會再打他的。我歇了歇手，一股被激起的怒氣平復下去了：「叫他不要看天X，他偏要看。我把電視關了，他還不服氣，逕自又去開，我連關三次，他還開三次，真是不像話。天X演的都是社會的重大刑案，從其動機、過程以及結局，通通搬上了螢幕。這怎麼得了，一個五、六歲的小孩，在心理尚不成熟，而且應該是充滿著善良、希望、朝氣與天真的年齡，怎麼能去接觸那些社會黑暗面呢？怎麼能去喜歡看這種殘忍恐怖的節目呢？雖說其裡頭，對一個人因衝動或無知造成罪無可逭的後果，會喚起他人不要誤踏法網的警覺，應該做一個健全的國民；但這種殘忍

的罪惡的一面，小孩子還是應該遠離的比較好，以保持其心地的純潔與善良，何況如果畫虎不成反類犬，不但不能警惕壞人會有壞下場，反而讓人把犯罪的過程學會，那不就得不償失了嗎？」

「而且明明叫他不要看，他竟一而再的抗拒，這還像話嗎？」

「也不要打得那麼的兇嘛！」妻看到兒子嚎哭，就像被割了一塊肉一樣的嘟囔著、埋怨著。

事實上，兒子也是我的骨肉，我怎會忍心的打他呢？只是看到他那麼倔強，將來讀書、出社會、待人處世的，將會有較多的逆境，而且那氣勢確實也刺傷了我，倔強通常會帶來太多無謂的麻煩事。

我的心地，其實是柔弱的，以看書、看電影、看電視來說，看到悲傷處，我常會為劇中人掉眼淚唏噓不已，何況是我的骨肉被打，而且是我打他，所謂「打在兒身，痛在娘心。」我的傷痛較諸於他的皮肉傷還痛楚呀，所以沒過兩分鐘的時間，我就到房裡拿著外傷藥，踱到兒子面前。我壓抑住那份心痛，平靜的說：「爸爸並不是喜歡打人的，你沒有什麼不對，我不會打你，來擦擦藥。」

兒子仍在抽泣，也難怪他了，我的斷掌，其力道也是夠猛的，打起人來，對方一定痛的很。他揉著眼睛，不理睬我。

我拉著他的小手想要他轉個身背對著我，好讓我為他療傷；但他生氣的甩開我的手，逕自摀著臉不停的抽泣，他的小胸脯一起一伏的，看了就讓人傷心。

　　醫學上說，嬰兒哭泣是一種運動，而五、六歲的小朋友，若是時常發脾氣大哭，那是會影響其情緒的穩定的，我實在不願以暴易暴變成他的個性。我不要他悲傷、哭泣。我俯下身抱起他，把他抱在懷裡，我知道肌膚的接觸會讓他平靜下來，果然度過幾分鐘之後，他終於止住哭泣。

　　「擦擦藥，好嗎？以後要聽話，什麼是好的，什麼是壞的，爸爸知道的比你多。好的，爸爸一定會給你，鼓勵你，比如彈鋼琴、畫畫可以昇華你的心靈，我們就鼓勵你去學；比如卡通，發揚善良的一面或者冒險犯難的大無畏精神等，主題正確，我們就讓你保有卡通時間，絕不因其他的事而剝奪你的卡通時間。至於壞的，你就不能要，當然天X也不是說就不能看，而是現在的你還太小不適合看。你還太小，恐怕會分不清是非善惡，影響你善良的心地，所以不能看；等你長大了，自己知道善惡，分得清是非，那時你要看，當然可以看。」我輕輕的把他放在床上，幫他退去褲子，可憐他白皙的屁股上，竟印滿一餅掌痕，鮮紅的，一陣痛心與憐愛浮上心頭，我的眼裡不覺浴滿淚水。

　　我強忍著將落下的淚珠，不讓它們掉下來，我仔細的幫他擦擦藥，暗自禱告他的傷痕早日康復，而後偷偷的別過頭，將淚拭去。

　　沒想到兒子竟瞥見了，他很驚訝的說：「爸爸，你哭了！」

　　「沒有，沒有，」我趕緊用手指沾著口水，點在頰上，眯著眼，強顏歡笑的說：「那，那，那是口水呀！」

　　兒子許是看到我滑稽的動作，開朗的笑了起來；本來嘛，兒子原本就是既愛哭又愛笑的人；看到他那開朗的笑靨，我也不覺的高興的笑啦，接著他的媽媽也笑了。

（刊1982.09.12台灣日報）

守歲

　　把三百六十四天躑躅在庸庸碌碌中，企圖捕捉那永遠非永遠的現實世界；待醒覺時，抬頭一看，天已昏黑，星已擁據半邊天。點上最後一根蠟燭，乃瞿然而驚，就連第三百六十五天的這一天，也將燭盡燈滅。

　　移步枯坐黃昏街頭，把一縷惋嘆徐徐吁出的當兒，久久仍不覺椰風柳擺，更不見鷹之眼鵬之翅，或許牠們都已遠適溫暖的南方，在那有神有人存在的天堂裡逍遙、歡樂。或許把幾何圖案併成的紅磚道擊碎，還有那圍人的磚牆擊毀，人與人間之疏離與猜疑將煙滅，不至於再為擁抱社會權力而如蠅如蛆汲汲營營鑽探不已。

　　醉臥三百六十四天，而不醉於第三百六十五天，是一種悲哀、淒涼與可恨；如若盲者一生不見天日，至死仍得安適於自我的世界中，因之醒覺有時並非可喜的現象。

　　在日與夜交替中，人必須努力的同時適應日夜的異同，必須雙向感受日與夜之差距與可笑的矛盾。果若宇宙間只有單一的日或夜，我們就不必驅趕我們的靈肉去忠實於任一面，並且堅定的否決另一方面的存在，更不會搖擺於日夜之間而迷惑不解。

守歲是運用心智思考過去、現在與未來；守歲並非堅持性的、強迫性的睜著眼，觀看時光一秒一秒的消逝，並且在人性與非人性中去掙扎。

（刊1983.02.16自立晚報）

畫丟香菸的街頭畫家

　　生平不愛照像，總認為把死板的自已硬嵌進景物裡，會破壞景物的純真與和諧；說不定還是一種殘忍。何況，陪著景物照像，也未免有點「到此一遊」的膚淺。即令花錢到照像館「啪噠」一聲照個像，也覺其生硬令人不耐。但，果若景物確令我心儀，我會拿起筆來敘述一番，同樣的，我也僅只喜歡用文字來描繪自我。

　　那天夜晚，正是久旱的雨後，暑熱消失不少。蔚藍的天空裡漂浮著幾朵白雲，藍白相襯，柔和得令人心曠神怡。走進樂華戲院旁的夜市，但見處處燈火通明，人潮洶湧，各色各樣的攤販雲集：有殷紅的西瓜，令人垂涎；有各類成衣，讓人目眩；還有廉價的童玩，招引不少小孩流連忘返，以及丟圈圈、玩彈珠的場地裡，有歡笑連連。我悠閒的緩步走著，檢視著每個攤販，也看看人群安詳的往來。

　　突然間，我被面街坐在燈光下的一個小孩所吸引，那小孩洋溢著純真與淘氣，也洋溢著童稚與嬌羞。我仔細的向他的附近搜索，原來這小孩是在當模特兒，正由一個臉上寫滿風霜的年輕人在為她素描。

　　我趨前一看，但見年輕人快速的在畫板上，專注的用著左手在勾勒小孩的眼瞳，補捉瞳裡滿溢的童稚與淘氣。只一會兒

工夫，他就把眼神描繪在畫紙上了；可惜，小孩的眼神忽然出現一絲絲的不安與迷惑，撇下嘴唇幾度嚷著要離開小小的行軍用布板凳。那份童稚與可愛，倏然消失了。年輕人無可奈何的放下了筆。

一個年輕的婦女，許是小孩的媽咪，笑顏的招呼著小孩說，坐好，坐好，再坐一下就好了。年輕人也嘴巴一張，望著小孩，把長長的臉拉長了幾分，一臉和顏的自我調侃：「他們不是在看你呀，他們是在看我作畫。」小孩依舊不依，媽媽只得帶著他，到別處去走走。

過一會兒，母子又回來了，只見小孩手裡多了一包口香糖，怯生生的偎在她媽咪的身旁。那份童稚、嬌羞與受溺愛，又落回她臉頰上。年輕人迅速的拾起筆來再次用心的在畫紙上勾勒著，他忽而揚起頭看看小孩，忽而注視著畫紙，迅捷的畫著眉毛，描著鼻樑和嘴唇。其後才把臉型描上，這次的速寫，似乎未引起小孩的注意與反感，於是很快的，小孩的情態與輪廓就落入畫紙中了。

此時，她的媽媽指著畫紙，愉悅的問小孩：「看，這像誰呀。」小孩怯生生的望了一眼，臉上突然映出喜悅：「像爸爸。」年輕人仍不停的，落筆描勾小孩的臉型與髮樣。

確然，那素描是有點不像，也就是說，並不像照相翻版的技術，但其外型總有七、八分像，而其神韻則有九分像，此實已掌握了小孩的大概輪廓，可以令人輕易的指認出，畫的是誰。

緊接著，年輕人迅速的簽上，同他一樣長臉的一個小畫像。人群一個個的走開了，只剩孤楞楞的畫者兀自捧著畫板坐在凳

上，臉上有點無可奈何與尷尬。

人來又人往，年輕人偶而會從有點露縫的牙齒裡吐露出輕輕的一聲：「小姐，要不要畫一張，十分鐘就好了。」可惜，對面的凳子依然空著，就像他偶現的不可名狀的落寞，令我為之淒楚。

我緩緩的坐在他對面的凳子上，我想著：一個畫者，拋頭露面的，已屬不幸。如果沒有被畫的對象，那不就是一件更殘忍的事了嗎？

我點上一根香菸，含在嘴唇上說：「叼一根菸畫一張吧。」那年輕人一語不發的望了我一眼，接著很有自信的拿起鉛筆對著我。我很內行的盯著「鉛筆」看。

「好，就這樣。」年輕人專注的說。煙燻著我的雙眼，令我不快；但我忍著煙燻的痛苦而不眨眼，忍著枯燥而不移動身軀。

眼前的年輕人，同樣的，一忽兒抬頭望我，一忽兒埋頭作畫；但我卻發覺，我和他的四目未曾相接過。人潮又慢慢的聚攏來，我也慢慢的感覺不安，尤其當畫者身旁也圍攏著注視的人群時，更令我尷尬與不耐煩。燻煙的苦澀，或者說是叼在唇上菸的重量使我開始忍受不了。我不時的機械的把香菸吸一口放下，吸一口放下；但在自覺裡，我似乎感到更多的眼睛在注視著我。在這種自覺裡，令我開始擔心起別人對我的漠然注目。或許他們只是抱著如同在動物園裡好奇的觀賞猴子的一舉一動而已，但我確然非常在意別人的眼神。

我那目不轉睛的眼神，開始瞟東瞟西了。我那不移動的身軀，開始不安的轉動著了。我狠狠的把香菸踩熄在地上，我的手

指不耐煩的敲打著足踝，我希冀著時間可以過的快一點。我巴望著年輕人早早把素描完成。果然，不一會兒工夫，他就把畫板平放在自己的膝蓋上，我如釋重負急急的問著：「好啦。」他沒有答腔，仍自顧的俯身在看畫紙的左下角，用力的刻劃著簽名，我知道他是在刻畫他的小長臉。

我站了起來，他仍無言，接著順勢把畫調個方向面向我。誠然，畫中的那個人像我。事實上，我並不太瞭解自己長的是什麼模樣，尤其是分辨出各種角度的模樣。不幸的是，我發現我原先也預備被畫入畫中的香菸不見啦，畫中的我，並沒有叼著長長的菸支。「我的香菸呢。」我笑著說。

那年輕人帶著歉意的說：「啊，你把香菸丟了，我也忘了畫了。」

抱著釋然的態度，我帶著畫像衝出重圍，我慶幸著不再是被注目的對象。我輕鬆的回頭想看看，人群是否又如適才那樣快的散去，是否又把落寞與無情拋擲給那畫者，卻瞥見看板上斗大的字寫著：「怪傑翁登科‧戶外畫家」。

藍天裡，仍然襯著幾朵白雲，滿天的星斗眨著眼。

（刊1983.07.21大華晚報）

歸途

　　那年大年夜前一天，我打點行李後，不自覺的就坐立不安的趕赴火車站。

　　走上天橋，低頭一看除了霓虹燈耀目扎眼外，火車站裡外塞滿了人潮。年未到，年的熱鬧、吵雜與遊子思鄉情懷已得以見端倪。人潮以正門為圓心向外擴散，形同蜂窩一般密密麻麻的團團圍著火車站。我不禁心涼了半截，真沒想到會有這麼多趕著回家過年的遊子，我不禁後悔，該事先來買票的。

　　走進擁擠的人潮裡，擦身而過的旅人個個面露焦急行色匆匆。車站裡，空氣沉悶，雖有幾台冷氣機全速開動著，也驅散不了一波波的人潮散發出的熱氣。霓虹燈竟被濛濛的水氣圈囤著，我不適的嗆了幾下，但仍不得不往裡頭鑽，心慌無依的趕著去排隊買票而後挨向月台。月台裡人潮更多，黑鴉鴉的一片，尤其第一、二月台，更是舉步惟艱。

　　我私忖，近剪票口的人多，上車不方便，不如擠向人少的地方。走了五、六十公尺後，我才停下來；準備車子開過來時，我就跳上車去。記得，以前搭五分仔車時，我也跳過車的；這雖非好事，但在特殊環境裡，卻可以派上用場。

　　等一段時間以後，但見有一列車緩緩的開過來。我不假思索的兩手一抓門把子，蹤身一躍就輕易的上了車。乖乖，位子

全是空的，我確是搶得先機了。我選了靠窗的好位子坐下，這時才見零星幾位乘客也跳上車廂；可是車子在前後走動後，竟被拖到車庫裡了，我想著莫非車廂要檢修。果然過一會兒，但見服務員模樣的人進來車廂，吼叫著：「下車，下車，這車子要進庫的。」

「車子開不開到南部？」我問著。

「不開，不開。」服務員不耐煩的吼著。

不得已，我只得訕訕的下車。抬頭一看，哇，那不是第四月台的標誌嗎？沒奈何的，我又擠上天橋，一邊暗罵著自己自作聰明，真是活該！

快到第二月台時，心想南下的車通常是在第一月台上車的，當然乘客都在那邊等待；而我若從第一月台上車，難保能搶到位子坐，何不聰明一點的從第二月台上車呢？而那只要跨過鐵軌就成了。

等沒多久，車子果然呼呼開來。我眼明腳快的奔過鐵軌，用盡吃奶的力氣，先抬右腳踏上踏板，次再雙手一弓上身一縮，人就上車了。我伸手一探門把，怪，門竟是關的！我不信邪的，又跳上另一扇門探手試試，還是無法打開。這時望望車廂裡，但見人頭鑽動，車廂裡已無空位。

「缺德，缺德，竟把這邊的門通通鎖扣起來了。」我嘀咕著。

趕到第一月台，我已經汗涔涔的，雙腳痠麻。我擠向窗口，而後順著往前推的人潮湧向車門口。

「你擠什麼擠！」有個年輕人橫眉豎眼的回頭瞪了我一眼。那兇相好像要揮我兩拳一樣。

「失禮，失禮，大仔，攏是要回家的人嘛。」我不自覺的道歉著。

那年輕人訝異的問：「你是嘉義人？」這時，我才恍悟他的鄉音也很熟悉，難不成他鄉遇故知了，心裡一樂反問：「你也是嘉義人？」

「是呀，上來，上來，這位子給你。」他一面說，一面往裡頭跨進一步，把裡頭的人擠得唉唷直冒火。

車呼呼的開了，我就那麼樣的保持著不動不變的姿勢，吊掛在車廂外，兩手死命的抓緊扶手，不敢稍有鬆懈，風呼呼的拂來一陣陣的清涼。

到了萬華站，我趕緊放鬆雙手，只覺掌心裡一點血色也沒有。回想剛才那種一點也不敢怠忽的壓力，再仔細想到回家還要幾個鐘頭的路程，如此的掛在車廂外實在也不是辦法，搞不好摔到鐵路旁，連家都不用回了。經過一番的斟酌，我決定搭下班車不再跟自己的命過不去。

又等了好久，才見另一班車姍姍進站。我瞪大眼珠，仔細的瞧著每一節車廂，我發現只有第二節車廂人比較少。隨即避開月台邊的人潮快步前衝，此時又見人潮如炮彈激射向車門，甚至有人從窗口爬進車廂裡。空氣中，流蕩著一陣陣叫罵聲與憤怒聲，尤其婦孺更是驚慌尖叫。我沒有逃難的經驗，但見到此時的慌亂狀，恐怕也不下於逃難了。

到了第二節車廂，竟然發覺比剛才看到的時候又增加了許多人。我左右開弓雙手奮張，竟然挖出一點空隙，就沒命的擠進去；然後再借助後來的人的擁擠，竟然不費吹灰之力的塞進了車

廂裡。這時，我不禁暗吁了一口氣，慶幸自己總算擠進了車廂，雖然仍是沒有座位，至少我不必再掛在車廂門口擔驚受怕的。

可惜，事情還沒得完，當我抬頭望向行李架，竟是滿滿的行李。我自忖著，一路扛著行李也不是辦法。我就墊起腳來，探長手臂把行李往架上送。不巧的是，車子竟開動了，我一個失去平衡，人不覺往旁摔去，只聽「死人！」「幹什麼，幹什麼！」「喂，小心點好不好。」的聲音不絕於耳。也難怪噓聲、叱責聲四起，那一傾斜竟連環撞上五、六個人，若非車廂過度的擁擠，非有好幾個人跟蹌摔倒不可。

我一看苗頭不對，趕緊把伸出的手又縮了回來，小媳婦一般緊緊的把行李攬在身邊。

也不知到了那一個站，忽又擁上一大堆的人群。我趁著亂轟轟的情形下，把行李迅速的塞向行李架，雙手往扶手上一抓，略為擴張一點地盤，好讓自己可以輕鬆一下。當我慶幸不用再攬抱著行李的勞累，湧過來的人群卻又把我剛剛擴張出去的空隙抽乾了。一股股的燥熱相互傳送，空氣裡頓時更悶更熱。

「喂，別再擠進來了，坐下班車嘛，已經擠不上了！車門口的人呀，別讓別人進來了！」車廂裡的人個個憤怒的吼叫著，憤怒的指揮著別人把關。似乎門口的旅客就是他的同志，和他站在同一條戰線上的人，會聽命於他。

「拜託，拜託，再擠一點就好了。彼此嘛，同是離鄉背井的人，同是趕著回家過年的人。再擠一擠，再擠一點點就好了，一點點就好了！」車廂外的人哀求著。

「不要擠了，不要擠了！」車廂裡的人，再度吼叫著。

　　這時，笛聲猛響，警察一面急吹著口哨一面伸手揪人。揪住那些還想往車門擠的人，偶而還無奈的命令著：「擠不上了，坐下一班，坐下一班！」

　　可是，人潮仍死命的擠，大家都歸心似箭，不是一兩句話可以安撫的。

　　「你不回家，在這裡加班賺錢；我們可要回家！坐下班，坐下班！講的真好聽，我已經等了三班車了，還不是一樣人擠人！」有人半埋怨半揶揄著。

　　這時火車不再呼呼的警告，而逕自前行了。事實上，拼死拼活往前擠的人，並不理會開動的警笛聲。所以，車子的這一前行，一些僅扶著車把的人就東倒西歪了。一個摔了跟斗的人，咒罵著：「幹，車子要開，也不叫一聲。」

　　我的手，抓了太久了，麻麻的。我把手移動到眼前瞧瞧，掌心已變白，一點血色也沒有；只有和扶手相密接的手皮上，凸出一壠壠硬如厚繭般，而且褐紅異常。略事活動一下，手心不但還麻麻的，而且還有點癢癢的。當我活動兩下，自感滿意以後，很自然的把手擺回原處。哇，竟多出一隻柔荑，撇頭一看，只見那佔了我的扶手位置的女孩，衝著我一笑，把我那瀕臨爆炸的火焰硬壓了下去。好男不與女鬥，我只得把手一垂不扶了。

　　不久，我又感到兩腿發麻，本想輕鬆輕鬆的活動兩下骨頭；可是當我的腳丫板一移動，乖乖，前後左右都是皮鞋。這可不是好玩的，果真抬動雙腿，包準再也塞不回地板上。想想不妥，我只得用拳頭敲敲大小腿，可是當我一彎腰，後面的女人又尖叫了起來，警告著：「喂，喂，喂！」沒奈何，我只得直挺著身子，

讓身軀如前僵著。適才的輕敲大小腿，竟把大小腿的神經敲醒了，我反而麻得痛入心脾。我不覺泌出一絲的淚水，真後悔，早該買票的，買個有劃座位的貴一點的票。

如此暈暈噩噩的立著，我竟沉沉入睡了。也不知過了多久，才在迷糊中被香煙的薰味、汗臭和胭脂粉味嗆醒，我惺眼一瞧，燈昏朦煙霧迷漫。

又一陣瞌睡，忽覺車子慢了下來，我望窗外一看，夜已深沉。而車內的人，都倦得沒工夫嘰嘰喳喳了。

車子一站站的停，又一站站的出發，忽然天空緩緩的轉成乳白色。我定晴一看，把手腳穩在原地，左右擺動了一下，而後默禱著總會到家鄉的。

又從半睡眠的狀態中醒來，不覺為之興奮萬分，家鄉果然就要來到。這老牛破車般的平快車，也氣息喘喘的到了「大林」了，再過一兩站，不就是故鄉「嘉義」了嗎？突然緊繃的情緒鬆弛了，腦裡乍來一陣暈眩，整個人就差一點昏厥了。

猛搖幾下頭，算是暫時清醒了過來。車子已經停靠在嘉義站。「嘉義到了，故鄉嘉義到了。」我歡愉的叫著。我急切的挪動雙腿往前走。哇，這，這，這哪是我的腿呢？我「唉唷」一聲，就蹲了下去！

過了好久，才忍痛站立起來，而後勉力的把雙腿一抬一抬的往前移。我是站立不動太久了，我的雙腿已全然麻痺僵硬了，不聽使喚了。可是我還是只得勉力的挪動雙腿，經過千辛萬苦才只挪動了幾步；可惜，令人失望的是，車子又呼呼的開動了！

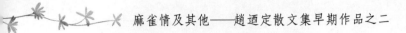

望著「嘉義」兩個斗大的字，我反而涔著淚；那是本以為已經苦盡甘來了，卻是事與願違的悲痛。看來，我只得在「水上」站下車，再換北上車回嘉義了。

（刊1983.11.21商工日報）

交通指揮的小孩

走過南門時，人行道指示燈適巧變成紅燈，我順勢佇立在紅磚道上。這時突有兩根白色長長的木桿在我眼前一晃，攔了下來，正好把斗大的「停」字相接在斑馬線外，而把急馳而來的車阻絕，車乃一部部魚貫的停下；而這邊的小學生乃擁擁擠擠的走到對街，一陣鴉雀聒噪，顯露無限的天真與愉快。

我偷望了一下標兵樣的小交通指揮，他臉上洋溢的是嚴肅與好玩的模樣。很當真的，但奶氣未消；突然我感到眼眶濡濕。

記得小時在鄉下，未及學齡前即單獨在大街小巷裡安全的來去穿梭，也沒見有紅綠燈的裝置，更不須在紅綠燈之外再加一道柵欄攔阻，方有安全的保障。

凜冽的冷風，似一把利刃正無情的吹拂著樹梢，發出呼呼的叫囂；接著也抖落片片的落葉。瞥一眼四周的高樓大廈，我一點也沒有感到是堂皇偉麗，我只感到文明也帶來了無限的煩惱、落寞與悲哀。

在都市裡，高樓大廈就是一個個鴿籠的組合，地板上鑲嵌的盡是櫸木地板或者大理石併圖；美觀固美觀了一點，總沒有泥巴地面令人親切。書櫥裡，置放的是多樣化的玩具，槍、刀、車、馬、飛機的，琳瑯滿目的，但總沒有打陀螺、鬥蟋蟀、捏泥巴，來得接近大自然，有生氣，且值得回憶。

固然昔日的物質生活是貧乏，但卻令我們更接近自然天地；而今日的物質進步，卻把大自然疏離了，一切講究人造速成。

就看那標兵樣的小交通指揮吧，在這種本該無憂無慮的歲月裡，本該由父母翼護之時，卻要為維護自身安全，維護同學安全而執旗桿疏導人車交通；否則的話，同學的安全即受到文明的干擾，受到大人們的侵害！

綠燈亮起時，我急速的越過斑馬線，企圖把那份悲愴和落寞遺留在斑馬線上一樣的不再去想它。

（刊1983.11.26自立晚報）

抓小紅蟲的人

　　走過那條丈來寬的排水溝，隱隱的就有股污泥腐爛味溢出來。我探頭一看溝中的水流，在混濁中漂浮著廢棄的塑膠袋、塑膠瓶，還有雜草和腐枝；偶而還有一、兩隻望之令人毛骨悚然的禽畜腐屍，這排水溝似是很久沒有清理了。在兩岸的土路上，楊柳依舊燦然鮮綠著；但仍掩不住令人作嘔的煞風景景象。我離開了土路，涉入野草萋萋的小徑中往前趕路。確然，工業社會講究的是效率，以至於任何的事物均帶著匆忙、焦慮。快到路橋時，當我走上柏油路面，我一瞥眼竟被橋下的人影所震撼了。那人有著怪異的裝飾，有破落的斗笠以及黑褐的雨衣鞋，和黑褐的倦容。在十二月天的酷寒季節裡，寒流冷氣襲人。雖是沒風沒雨的日子裡，他卻仍要穿著雨衣、雨鞋，這已是夠醒目的了；而且他還站立在那無時不散發出腐臭味的排水溝裡，更令人訝異。

　　怔住了腳步，我不管水溝的污穢竟佇立在岸上注目著他，想知道他到底為何事躲在橋下。只見他一手扶網一手在網中抓抓捏捏的，把雜物丟回水溝中。接著他把污泥彈進桶內，或許他已站在橋下良久了；但見其雨衣雨鞋上早已沾滿了墨污的泥漿。接著他又把污泥掏進網中，篩了又篩的，把雜物分離丟回溝中，把污泥丟進桶內，他就如此單調的反覆工作著。難不成他是清道夫，職司疏濬水溝之責，但看其動作卻又不然。他不嫌溝水的惡臭，

他無懼溝中的污穢，在車馬奔馳的都會裡，人人講究華服奢侈，繁華享受的當兒，他到底為什麼事在忍受著惡臭？我既狐疑又想探個究竟，但我懶得到橋下去看。

我緩緩的走向柏油路，滑下溝邊的小草徑，繼續趕我的路。忽見一輛斑剝的腳踏車停在樹下，後座攜著一個大洗澡盆。我探頭一看，裡面裝滿著污泥，而其上則佈滿蠕動的小紅蟲。哦，原來適才所見的那滿臉風霜的慢慢掏洗污泥的人，竟是抓紅蟲的人；而餵飼高貴的金魚或者熱帶魚用的紅蟲，竟是如此得來的！我不覺又回頭望了一望，那抓紅蟲傴僂的身軀，似已被橋壓抑得更是危殆了。

原來他是在為生活，而忍受著別人所不能忍受的惡臭與汙穢。而其勞累奔波，而其艱辛奮鬥的靈魂，是如何的可敬呀，我不禁讚嘆著。而那種污穢的生態環境，卻也是紅蟲絕佳的生活場域。

（刊1985.01.12商工日報）

鬧鐘響

「鈴響了！怎麼響個不停呢？唔唔，一定是鬧鐘壞了！」我著急的叫著。

趕緊拿來扳手和起子，把鬧鐘拆了，為的只是叫鬧鐘鈴聲停止。鈴如果不該響時響了，那可真是煞風景。

考試下節才考，雖然我明白還沒有準備妥當，一定考得焦頭爛額；只是鈴不該響的時候響了，這是現在唯一必須制止的事。

雖然考試為什麼要用到鬧鐘，我並不明白。我只知道同時在焦急著兩件事，那就是考試未充分準備和鬧鐘不該響時響了。一般來說，考試和鬧鐘是兩回事，前者在我念書時，令我全心全意投入；而後者只是一件芝麻小事。可是，奇怪的很，今天我卻特別在意鈴響，考試的事反而其次了。我拿出扳手和起子，把鬧鐘拆了。我原以為拆修之後，鈴就不響了；但是，這做法並無效果，鈴聲依然震耳欲聾。這使我非常的絕望，更加心煩火大，我罵著：「這鬼鬧鐘著了道兒，否則怎的停不也停不了！」

接著我又拆拆裝裝的，把鬧鐘轉過來轉過去，心越急鈴卻越尖銳。「鬧鐘叫了！」妻在臨房叫著。

我迷迷糊糊的從睡夢中起來，確然，鬧鐘響了。我急急的把鬧鐘關掉，大兒子就要上學了！我為他沖杯牛奶，擺些小西點當早餐，並且把他推醒。

　　天色依然暗淡，而且下著冷冽的毛毛細雨，一層薄薄的水氣迷漫在街頭。雖則地處大都市外圍的小城，行人仍是稀少得很哪！所能看到的都是穿著制服的中、小學生，他們揹著書包，哈著一層冉冉上升的雪白的霧氣。

　　才六點半而已嘛，哪個人不願在又溫暖又舒服的被窩裡多呆一下。陽台上，沒有春夏時的熱鬧，僅有的是一片冷清，想來在嚴冬裡，原本早起的人群，也會忘了打打拳踢踢腿的晨課了。

　　把兒子打點好，送出門。我又返回被窩裡，鬧鐘不響了；或許我可以再睡個回頭覺了！

（刊1985.07.11商工日報）

年想

　　我喜歡逛街，尤其是舊曆年前的街。看著熙熙攘攘的採購人潮，不自覺的就跌進富足安樂的氣氛裡；原本不需用的東西也會多買一、兩件。固然林立的百貨公司、超級市場裡，貨樣齊全，採購方便；但臨時叫賣的地攤、小販，依然會引起我的購買慾。逛這種街景，總有趕古老市集或廟會的體驗；雖然攤販影響市容，但如劃地集中，不失為熱鬧吸引人的地方。據說政府正朝此方向走，不失良政之一；既不影響攤販生計，也不影響市容觀瞻，更可增加一個多姿多采的熱鬧好去處。

　　由於生活水準漸漸提高，很多人三餐不缺雞鴨魚肉。且年歲已長，再無拿紅包的期待。年的吸引力也已銳減；但對應景貨的春聯、年糕、賣花、賣碗盤等，依然會買一、兩件或多看幾眼。

　　賣春聯的，通常是在臨時商借的店舖走廊上擺桌子。桌上文房四寶齊備，迎著冷颼颼的寒風，就地揮毫，展現書法功力，也帶一點招攬客戶廣告的意味，而這也就是在點綴過年的習俗。所完成的大紅春聯就懸掛在臨時牽拉的鐵絲上，有的還批售一些小宮燈、中國結、厚紙板和塑膠板鏤刻的春、財、吉祥字樣，令人一看就知道農曆年的腳步近了。我曾在永和看過國中生在揮毫，也在萬華看過缺了雙手的人，用嘴咬筆書寫；他們那種熱愛書法的精神與毅力，看了就令人感動。

　　賣糕餅的也在走廊上就地把雪白的、灰色的，或者混合蘿蔔、花生、蔥香的年糕，一籠籠的擺放在長凳上。而發糕展現著笑口，一如往昔，無限欣慰的迎迓著新年；這年頭，已少有人願意推磨作年糕了，一則分工較農業社會細，再則沒有人願意耗那麼多時間做一大堆年糕慢慢去吃到膩。

　　賣各式花瓶、茶盤、碗筷的小販，扯著嗓子吆喝著：「買個瓶，年年保平安；換個新碗筷，好過年。」而賣花的則把應時的水仙和耶誕紅、老榕樹、古松等，一盆盆擺在地上。還有賣花生、瓜子、桂圓的，都是一塑膠袋、一塑膠袋裝得鼓鼓飽飽的，為了趕過年才多炒製了一些。水果更不用說了，舉凡：柑橘、柳橙、蘋果、釋迦、木瓜等，那是一小貨車接著一小貨車在販賣的。

　　每個人都顯得興奮昂揚，忙忙碌碌的。一年的辛勞，在年的到來，似都褪去了。家家戶戶也在清洗門窗、油漆屋內外，把環境整理得煥然一新。

　　過年是一種象徵，象徵五千年歷史文化的繼承，和對先人習俗的傳承。我們不但盡情買東西，而且期盼一家大小的團聚。平時南北相隔的親人，平時漂流海上的行船人，到處流浪走江湖的；不管那類人都要放下千百羈絆趕回家過年。於是處處流動著人潮，尤其在台北車站更是人山人海，個個攜著大包小包，爭相趕著回家。有錢沒錢也要回家過年的，舟車再擁擠，票再難買，遊子依然要回歸家園，敘敘一年來的奮鬥和辛酸。

　　小時，每到除夕吃過團圓飯後，就會喝甜茶；而這時，父親總會裁剪一些紅紙，研墨潤筆寫好幾幅春聯。父親一生從

公，經常流落他鄉，但過年時都會回來的；雖然有時因舟車之累，直到年夜飯前刻才趕到。父親寫春聯貼在大門口，然後又寫了一些「春」、「滿」、「平安」、「吉祥」等字，貼在側房、廂房和米缸、灶頭、雞鴨舍。父親年年如此的寫，直到哥哥們長大，爸爸才把寫春聯的事交給哥哥們；就好像把年俗傳承下去一般。於今兄弟各奔東西，散居四處，就連過年時節如能統統回老家團聚已非易事；何況平時的聚會。我曾看過有戶人家的子女，雖均已婚嫁散居各處，由於均在附近，因此每天聚會一起吃晚飯，假日也相偕郊遊，在獨立中不失聯繫，而父母也不寂寞，實在令人嚮往。

小時的年夜飯，不但豐盛而且溫馨。當太陽偏西，媽媽早把該炸、該煮、該切、該剁的菜餚與作料準備妥當。這時媽媽會升起一盆爐火，擺在桌下，一家人就圍爐品嘗久已嚮往的「大」菜，並且容許小孩喝一點酒，談談一年來的經歷。於今，父親已去世多年，只留下一堆他所蒐集的剪報簿。那些剪報簿，曾是我們小時的精神食糧，現在卻泛著黃，落寞的擺在書架上。

吃年夜飯之前，我們要先祭拜祖先。那時母親總是招呼著說：「來，來拜祖先，拜得更聰明會讀書。」當我擎起柱香時，總是以虔誠的敬畏的心情莊嚴的禱拜。對祖先，我們有溫熱的血源，沒有祖先的傳承哪有我們自己呢。

年雖然越來越淡薄、簡化了，我依舊衷心期盼能永遠傳遞下去。

（刊1986.01.28中央日報）

炮竹聲響迎新歲

　　一陣炮竹響聲，把我從睡夢中驚醒；窗外是破曉時分，冬霧矇矓。細矇矓霧氣冉冉飄飛在微明夜色裡，依然隱約可見；緊接著，耳畔又傳來此起彼落的炮竹響聲。眷村裡雞犬相聞之下，炮竹聲顯得特別宏亮，為迎春即使美夢驚斷也無人怨尤；否則的話，也不會一戶緊接一戶的燃放炮竹，開門迎春了。

　　這眷村已有三十來年的歷史，原本是一片未開墾的山坡地。自部隊駐紮後，為便就近照顧家眷，就在這蔓草萋萋的土地上，用竹枝為骨架，用竹篾為牆，用泥土加上粗糠塗抹其上，簡陋的安置了家人；而在生聚教訓中，日子也一天一天過去了。台灣是異鄉，對這些眷村來說，不，對其子孫來說，台灣已成為故鄉，他們都是生於斯長於斯的人。

　　偶有人事變遷，也只是那麼的一點點而已。竹枝竹篾的構築改成水泥磚瓦；區分門裡門外的竹籬笆改成磚牆。當然，把房子改建為二樓洋房的，也只不過是一小部分而已；更多的依然是當初的平房。三十年的生養，子女均已長大成人外出發展，或為賃屋或為購屋定居在外了。

　　這三十年前搭建的房子，就這樣變成二老養老之地，還有的就是孫子女、外孫子女乏人照顧的關係，送回眷村養育。年輕人在外頭奮鬥，忙著飛黃騰達，平時裡已無暇返回眷村。他們都變

成眷村的過客了，只在年假時回來探個頭。假如年輕人趁著長長的年假，到風景區去遊山玩水而不能回眷村，眷村子民也習以為常，不以為忤了；比較那些出國數年不能晤面的眷村子弟，雖是南北相隔，其實也近多了，真是想念外出的子女，搭個車三、兩個鐘頭也就可以見面了。

假如平時到眷村裡轉一圈，很容易的可以發現幾個特色，那就是很多的父老和稚齡孫子女、外孫子女，或坐或站或奔跑於巷弄裡。一大伙人高聲談天，爽朗嘩笑，他們談著哪家兒子當官了，那家子女到國外讀書了，那家女兒出嫁了，那家子女又何時回來過了等的一些眷區新聞。這種談天說地的方式，和一、二十年前的比子女的學業，比子女的就讀學校，是有點不一樣了。

我起身走進眷村巷弄裡，一排排整齊的眷村，在黎明的柔光籠罩下，一戶戶或漆深紅色或漆墨綠色的大門，有的已然開啟，而門口的炮竹濃煙依然散發著。圍牆上滿佈盆栽，圍牆裡楊桃、椰子、釋迦高高的挺立著，這都是眷村子民暇時蒔花種樹的成果。還有一些牽牛花攀爬在樹上、圍牆上和大門上，在在都顯示著眷村存在過的歲月履痕。

「恭禧發財！」門口一位老者笑著臉，沖著我打躬作揖。素昧平生突來的招呼，令我慌恐的答禮著，心裡也不自覺的漾起溫馨。我再次依舊循著巷弄走下去，有些人家燈火已亮，每個人都穿戴得很時髦；這種時髦勁，不只是經濟發展的結果，更重要的理由是回鄉要穿戴得體面。

又是一串炮竹霹拍響，巷弄裡烟硝瀰漫。天更亮了，可以很清晰的看到烟硝藍藍，冉冉逸飛，有點嗆鼻。

　　我回到老丈人家裡，找出昨天應景買來的一串炮竹，掛上門口，用柱香點燃。當炮竹引線「嗻」一聲散著銀色火花時，我趕緊放下炮竹跑開。霎那間一對對炮竹快速掉下爆炸，耳裡一陣嗡嗡，令人捏把汗。

　　我怕放炮竹，當然還沒有像別人聞到炮竹就嚇一大跳那麼膽小。小時頑皮，愛冒險，愛新奇，看到炮竹就想放。有時把炮竹放在奶粉罐裡施放，總是把奶粉罐彈得沖上半天空；有時把黑色火藥擠出，撒成一條長龍點燃，看著火花在地上飛舞，一陣硝烟撲鼻。有時更捲個火箭型的硬紙筒，塞進炮竹裡倒出來的黑色火藥燃放，硬紙筒也會飛得好高。料不到的是，那麼一個小小的炮竹作為推進的力量，竟使硬紙筒沖上兩三個平房高。

　　可是，有次不小心了，火藥燃得太快，抓在手上的炮竹來不及甩出，就在手上爆炸了，我愣住了。看著那麻痺的手掌上，銀白的火藥餘燼殘留在手上；我沒哭，我只是嚇破了膽。自此我不敢再抓著炮竹點燃引線，卻又拗不過放炮竹的引誘，索性把柱香安置在引線上，讓柱香慢慢去引燃炮竹；這雖無掌握在手上那般刺激，也不失為放炮竹的一種辦法，如此的施放炮竹，也放了好幾年。

　　有一次同學結婚，六男伴隨迎娶，我是其中之一。主人家問我說：「會不會放鞭炮？」我不假思索的說：「會。」而後怯怯的，硬著頭皮接過來一大桀的排炮。我的心抖著，我的手心泌著汗，我把炮竹點燃往車外丟，霹拍聲就在車後響著。點燃第一串排炮後，我的心篤定了，小心點放炮竹並不危險。那一天，我沿路把那一大桀排炮通通放光了；其實那次的婚嫁雙方，只隔一條

街而已，走快點也只十分鐘路程。記得以前打靶，也是這般的先是忸怩一陣不敢打，再是餘興未盡還想再打。

炮竹代表喜悅，逢年過節放上一兩串熱鬧熱鬧，也無不可；不過，放多了不但污染空氣，而且製造髒亂，實在應該適可而止的。

我回頭看看已經歷三十來次炮竹迎春的眷區，歲月催人老的感慨，不禁浮現心頭。

（刊1986.02.11中央日報）

讓座

「我看到有位老年人上車，我想讓座又有點害羞，正自遲疑間，旁邊的人已經站了起來；我感到很懊悔，為什麼行善不能及時呢？」這是弟弟在週記裡寫的一段，那年他讀高一。

在火車上，在汽車上，我們常可發現有人含著笑意，親切的讓座；有人忙不迭的連聲道謝。頓然車子裡洋溢著溫馨友善和樂，讓人深深感受到這是一個美好的世界，有溫情，而窗外的景色都要更加出色不少。

可是，我們也常看到小娃娃在爸媽懷裡哭著吵著，或者睡著，而他的爸媽卻是疲累得隨車搖晃，自個兒都有點站不住腳。我們也常看到五、六歲或十來歲的小孩站累了，偎著椅背睡著了，那些有座位的人卻是一副視若無睹之態，假裝著流覽窗外怡人的景色。

真的，我越來越喜歡那些國中、高中的女生。從每日搭乘公車上下班中的觀察，雖非每個女學生都會讓座，至少從讓座的人口中發現，數這個年紀層的女生為最多。而那些國中、高中男生呢？有時其行止不但令人難過，甚至傷心；我們常常可以在車上看到男生，非但大剌剌不讓座，有時還躲在後座抽菸，把整車的空氣搞得遭透了，有時則在椅背上寫些猥褻的辭句，用刀刻劃塑膠布，誠然令人痛心！

　　如果我們留神一下，由讓座的態度來觀察，也可發現讓座人的個性十分不同。那些樂觀豪爽的人，讓座常是很大方的；而那些謹慎內向的人，則常有覥腆之態表露。如由被讓人來看，也是人人不同，有人心存感激多方稱謝；有人冷漠異常，一副理所當然或不屑稱謝之態，前者令人感到親切，後者則令人不敢恭維。

　　有位女生，個性內向，當她看到該讓座婦老時，總是那麼突然的離開座位走向前門。她說：她不習慣聽到別人客套的道謝，也不喜歡因而引人注意。我跟她說：「這種態度並非得當，其一、有時會產生該被讓座的人沒位子坐，不該被讓座的人反而搶佔了那位子；其二、即有讓座之意，應讓對方知道不是圖其口頭稱謝，實在也是表達社會人群對他們的關懷，讓對方感受到工業社會裡依舊有善心人存在，依舊有人情溫暖。」

　　雖然這麼說，有次我在車上卻看到一種讓座的變調，而且令我迷惘良久！那是往新店的三重客運上，我在永和上車，沒多久位子就坐滿了，後上車的人只有站著的份。在進入中和時，有位小婦人帶了一個小孩上車，接著又上來一位穿著卡其制服，外加卡其茄克的人。

　　車子開動不久，但見穿卡其夾克的人，偏過頭望著一位有座位而穿著制服的小學生說：「你起來讓她坐。」

　　小學生順從的站了起來，卻被站在他旁邊的一位大人按住肩，把他壓回座位。

　　我正感納悶時，穿卡其夾克的人瞧了一眼少婦，自嘆了起來：「世風日下，人心不古。」接著又說：「我已經六十四歲

了，我都常讓座，嘿，現在很少有人會讓座了。」聽他所言，我也頓然感慨讓座的美德失矣！

這時站在那小學生旁的大人，卻寒著臉不服的說：「他也是小孩子呀，他不該坐嗎？」

穿卡其夾克的人被壓抑的憤怒一下子爆發了：「你為什麼把他按下，你是他的什麼人？」

「他是我兒子呀，他不該坐嗎？他也累了，他也是小孩呀！」

頓時兩個人吼了起來，車子依舊有條不紊的前進著，而那小婦人卻被夾在兩個大人間，被左一個吼右一個吼中，樣子是很難堪；事情又因她而起，只得不斷左聽右叱又帶懇求的叫著：「好啦，好啦，不要吵了！」勸了許多次，才把爭吵的兩人勸息。車子依舊前進著，我正狐疑著眼前兩個人為何因讓座而吵成一團的當兒，那穿卡其夾克的人義正辭嚴、餘怒未息的別過頭說：「我問你一句話，讓座對不對！」

「對，讓座是應該的，只是……。」小學生的爸爸說。

「讓座是對的，那就不用講了，我不跟你講了！」穿卡其夾克的人，一陣的搶白。

「讓座是對的，只是你該叫大人讓座，不該叫小孩子讓座，他也是小孩子呀！」小學生的爸爸心有未甘的說。

車子依舊往前奔馳，乘客上上下下的；爭吵的兩個人各自望著窗外，一副誰也不服誰的冷漠樣子。我極力思索著剛才的一幕，爭吵的兩個人似乎都有道理，又似乎都差了一點，可是我不知道其癥結在那裡！

（刊1986.05.24中華日報）

糖偶人

　　我的眼神一下子就被捕捉了，由於他那瘦削帶皺紋的臉容。在那臉容上，那是洋溢著落寞孤寂、寧靜與沉著；還有一絲隱約的無奈與悽涼，我是多麼熟悉那神情給我心靈深處的悸動呀！

　　他端坐在小小的擔子後面，擔子是斑駁的、厚厚的木板所訂製而成，或許已過多少歲月了。整個檯面不及二尺見方，半邊擺著糖漿罐、油壺、刀叉、抹布及勺子等一應道具；另半邊則是油亮沉重的銅板、兩個勺子交互放置在爐上，勺內的糖漿滾著小小的氣泡，散發出濃烈的一絲絲的甜意飄入我心田。頓然，小時圍看作糖偶人，以及嚼食糖製各類鳥獸人物的那份甜甜的、硬硬的、響著脆聲的喜悅與滿足，似又顯現眼前。

　　擔子旁邊圍過來一些男女學生和小孩子，每個人眼中流露著好奇與企盼，而他無覺。他只是熟練的用木棒在勺裡攪拌著糖漿，並且不時滴上一兩滴在銅板上，而後用大指和食指去壓擠感觸。我不知道他為何如此反覆著這種動作，猜想是感觸糖漿的稀稠吧！

　　他俯著低低的眼神，不急不徐的把勺子移到銅板上；然後有條不紊的傾在板上，糖漿很是聽話的，就地慢慢硬化。那灘糖漿被傾注在銅板上時，其實一點模樣也沒有；可是當他用鐵片俐落的前後左右的略為整理，一下子就有點眉目出來了。他

又用鐵片在其上勾勒出一些直線和曲線，一隻蹲坐的狗就表現出來了，接著他把糖狗翻一面，按上竹枝往擔子上頭的小橫木上一插，就完成了一個成品。

那過程只不過二、三分鐘時間而已；雖然那種造型在繪畫藝術上來說，只是一種簡單的線條描繪而已，但其神態仍頗有幾分唯妙唯肖。

他就那麼專注的、反覆著，倒漿、勾勒的動作，攤位旁則響起一聲聲的驚嘆；尤其當電視節目上的民間故事和卡通裡的人物造型被勾勒出來時，更博得周遭小孩的讚賞與歡呼。他們興奮著、急切著，搶著一一指明哪是孫悟空，哪是豬八戒，或者怪獸機器人。

他五、六十的年紀了，挺直的腰卻是一點也不佝僂。他默默的神情已然漾不起漣漪；當讚賞與喝采聲聲傳來，垂暮的行業或許就要如此凋零了，而他的無奈又能對誰傾訴？

日前到中央大學，適值該校舉辦民俗藝展，計有製作風箏、打大陀螺、結草藝、中國結藝、古法製墨、野台戲以及製糖偶現場表演等。在那片草地上，匯聚的盡是拉扯我童年心緒，讓我油然跌落回憶深淵裡並且嗟嘆著，這些或將凋落失傳的民俗藝的去向，是否會有有心人著意的保存下去，否則我們只得在圖片或文字記載上去瞭解了。

歷史的腳步，一步一個腳印，我們容或得到了一些，同時也遺棄了一些；我不知道，這是人類社會的得還是失。

（刊1986.07.01中華日報）

看電影及其他

　　大概有十來年了吧；也就是說，自從婚後我已甚少上電影院看電影。這並不是說，在我的生活裡，電視已取代了電影。其實，對電視我也是一直抱著排斥心理，拒絕整天守著電視的。從電視裡，我是得到消遣，卻喪失更多的時間與精力，變得無法看書、寫東西，我怎能不拒絕呢？何況，最近報紙上也一直在說明一個觀念：電視會使人喪失思考能力。而這是多麼可怕與可悲的一件事呀，想想人的思考能力減弱，人類社會怎能再有高科技的發展，哪能再有高度文明的締建呢？

　　但，最近我卻連趕了很多場電影，有科幻片，有笑鬧片，更多的是：重新考貝的外國文藝片。我所以如此熱衷外國名片，或許是回憶年輕吧。因為那些老片在我年輕時大多看過了，不過捫心自問，以往的外國名片，或是演技或是情節對白，或是外景，總有其可取之處，所以我會樂意再去欣賞、品味，去領會這種綜合藝術的美感。

　　至於科幻片，則是一種對未來的模擬或再提醒。人類求真善美，以持續保存美好的文明累積；或在揣測未來可能發生的災難，指導人類事先認知災難而防患之；再不然則是對未來的憧憬與期望，雖為幻想亦入情入理，何況人類文明的進步，有很多是靠幻想啟迪的。

　　對笑鬧片，則完全是買票去找輕鬆，雖然有時看到全然胡鬧的片子會感到嘔吐；但如果有幽默喜劇片，則常會有會心的微笑。

　　電影，當我在高中及大學時，曾經熱衷得每星期看兩、三片，還看到後來總要等到有新片才能看。那時看電影，完全沒有挑選，不管是什麼片子，一律不予放過。當然，我那麼每個星期花好幾個晚上趕電影，敢說功課不差，那是騙人的。人家說物極必反，想來也有至理的；當我北上做事，一則沒有看電影的伴，再則實在也對粗製濫造的電影起反感，竟全然不看電影了！

　　如果片子好，看電影是一種享受是一種領會綜合藝術製作的極致表現，可以忘卻工作的辛勞，讀書的苦楚，對未來的迷惑。

　　最近看了幾場電影，卻讓我對電影觀眾的粗俗、電影院內的髒亂，或者電影院內工作人員的服務水準起了反感；雖然市區裡一流電影院較為乾淨，但排長龍枯等，也是令人心煩的。

　　如果說每個人都守規矩，雖是排長龍，有秩序前進，也沒話說。可是一遇賣座的片子，黃牛就出現了，高價轉賣剝削觀眾，那就更令人心痛。可是我們抿心想想，黃牛為什麼會存在，一則是就業不足，再則是有錢的大爺心甘情願的去買黃牛票所使然，如果人人抵制，黃牛怎能存在呢？

　　有次我排隊看一場得幾個金像獎的片子時，我不但提前一個鐘頭去排隊，而且算算到前面的售票口，也只是排了五十來位而已的觀眾；可是當上映半個鐘頭前開始賣票時，我卻足足等了二十分鐘，依然站立原地一點也不動。正自奇怪的當兒，忽聽有妙齡女郎吼叫了起來：「他是黃牛，他是黃牛，不要買他的票！」

我探頭看過去，正見那出聲的女郎，從第十幾名的隊伍裡奔出，走向售票窗口。那裡正有手臂上刺著龍虎的人，手裡拿了一大堆的票，對著圍攏的人群說：「一張兩百，一張兩百，唉，你買不到票的啦，你看，那麼多人！」

有人掏了錢買票，有人姍姍然離開了。

「他是黃牛，他是黃牛，不要買他的票！」那女郎又吼著，接著轉頭對著黃牛：「你再賣，我就叫警察了！」

兩個人互相瞪視了幾十秒鐘，我看到那女郎圓瞪的眼又大又美麗，只是眼神裡還閃爍著堅毅、正氣以及氣憤。而黃牛則氣怒得滿臉通紅，想來黃牛也知道當黃牛並非理直氣壯的事，接著黃牛把眼神垂向地面，兩頰驟然有訕然之色浮現。

女郎就如此站在售票口前高聲的說著：「我們所以買不到票，就是因為票通通被黃牛包了！我們為什麼要助紂為虐呢？我們通通不買黃牛票，黃牛自然絕跡。」再沒有人買黃牛票了！人人都感到壓制了黃牛的喜悅，隊伍一個挨一個略為有點前進了些。有些人在女郎面前豎起了大姆指，有些人默默的在女郎肩上拍了幾下，緘默的大眾終於覺醒了，雖然大眾裡沒有人出聲；但那豎起的大姆指，那拍拍肩的鼓勵，其實就是大眾的心聲，沒有哪位觀眾甘心被剝削，沒有哪位觀眾不痛恨黃牛的。

我挨近窗口掏出錢說：「中間的位子。」售票小姐面無表情的蓋個場次章子，劃個座號給我。當我把票逗近眼前一看時，哇，乖乖隆叮咚，票上清楚的寫著第二排第二十九座號！我暗忖：這裡是西門町高級戲院，或許座位跟銀幕有較長的距離。

在五樓枯等了好久，才臨到入場，當我找到座位時，才知道

非要上仰九十度才能把整個銀幕收在眼簾裡，那個樣子有點像在
看天文台的星座介紹一般。

　　我很是生氣，我氣憤的是為什麼連這種不適觀賞電影的
位子也要賣。難道不能少賣點票，或者把前面幾排位子拆了，
讓每一位觀眾都能愉快的觀賞電影。起先我很不高興，甚至於
想找經理理論；後來一看，連第一排第三十七個座位也有人
在坐，別人能忍受，我為什麼不能？何況買賣票也是心甘情願
的，又怪得了誰呢？

　　散了場，我左敲右敲著我的脖子，幸好沒斷掉，也該謝天謝
地。西門町的戲院通常較為乾淨，場內也沒有人抽菸，這是觀眾
的自愛與高品質，也靠戲院工作人員的每場清掃，這一點是可喜
的。那天回家，我一直下著決心，以後絕不趕片子，要看就要等
下片前人少時再看，否則寧可看二輪片或者乾脆不看。

　　我所以在市郊上二輪戲院看電影，主要原因是貪圖人少，再
則距離近，回家方便。

　　可是看了幾次二輪戲院的電影片以後，我又有責難了。主
要原因是髒亂，再者竟然鼠輩橫行，老鼠到處竄，或著人手一支
菸；讓整個戲院瀰漫成烟國了，其空氣之惡臭令人窒息，直可媲
美垃圾場。

　　那天也是我活該倒楣，趁著家人到外婆家，自個兒清閒，
就到附近的影院看了一場電影。當我步入戲院時，已感到烟味奇
重；看看裡頭的觀眾，原來至少有十幾點星火在閃耀。我一向沒
有那種用衛生紙先擦擦椅子的好習慣，就那麼選個人少的地方一
屁股坐下，兩腳卻已踩得花生殼吱吱叫。我用皮鞋底擦擦地面，

希冀把那些花生殼踢到另一邊沒人坐的地方，以免我的腳一動，地面上的花生殼就吱吱叫；卻在我左擦右擦時，就踢到了幾個易開罐直往前排滾了過去，還有塑膠袋隨著皮鞋往上揚起。

我懊惱得很，怎麼會選上這麼一個髒亂的位子呢？接著我回頭再找找別的位子，我一下子就選定沒有人的空位。待我起立時，忽然發覺褲子似被什麼東西黏住了。我心裡有數的，急忙用手去摸一下，果然不知是那個缺德鬼，把嚼過的口香糖渣遺棄在椅面上了。

我氣惱得再沒有心情換位子或者看下去了，我急急奔出戲院。什麼話！看一場電影又要賠掉一條褲子了，黏了口香糖的褲子還能穿著上班嗎？而連同這一條西裝褲，我已經有四條褲子黏上口香糖的了！

我還沒走出戲院，矇矓中就看到兩隻大老鼠，其大如數個月大的貓逡巡在椅子下，或許是在享用觀眾留下的尤魚絲、花生、餅乾吧。其實我已無心思看電影，但我還是跟老鼠扮了個鬼臉；雖然戲院裡燈光暗淡，我也不介意老鼠是否看得懂我的鬼臉或者看得清。

幸好兒子們沒來，否則像妻那種看到蟑螂就要尖叫的人，如果有哪隻老鼠那麼悄咪咪的爬過妻腳下，妻不當場尖叫顫抖，甚至昏倒才怪。我想這種戲院是不適合女人、小孩和膽小鬼來的，毋怪生意會如此清淡。

其實很多公共場所，包括戲院的髒亂、烏煙瘴氣、不衛生，都是可避免的，只要每個人都有維護清潔的心意。

（刊1986.08.04中華日報）

打破玻璃那小孩

　　推開門，第一眼就看到那小孩端坐在沙發上，茶几上擺著一條餅乾。小孩一臉清秀，卻有一份閉塞與委曲，令人悸動。他不大，只有七、八歲模樣；其實，年紀小，早在我開門之前就已意識到。從他穿的布鞋和我小兒子的布鞋的大小一樣，就得知屋裡的陌生客年紀還小。

　　他那份閉塞與委曲，令我悸動得立刻牽起他的手問：「是你打破玻璃的嗎？」

　　「是的。」聲音有點生疏，有點怯意，而且柔細得幾乎只有蚊蟲的叫聲一般。

　　「我帶你回家好嗎？」我依然牽著他的小手，一面說一面拉著他走下樓，一點也不考慮內子的叮嚀。

　　已快下班時，我正和同事談著公事的當兒；鄰坐同事叫著我說，有我的電話。那是內子的聲音。

　　內子說：「我們隔壁的宿舍拆了，小孩在那邊玩棒球，就是靠那邊的主臥室的玻璃窗被打破了。大兒子說：他們是在用石頭當棒球打，有的就拿石頭亂丟。大兒子已經把他抓回去了，你可別放了他，一定要等我回來看看，是那一種的小孩竟會亂丟石頭打破人家的玻璃窗。也不要嚇了他，我已經告訴大兒子不要罵他、打他，要好好待他，要拿餅乾給他吃。」

　　我坐立不安的等了幾分鐘，熬到下班時刻，我就趕著搭上計程車回家。我急的不是小孩子打破玻璃窗的事，而是害怕兒子在家又和什麼人發生了什麼爭執的，比如那些野孩子集體挑釁，比如他們家的大人找上門。

　　下了計程車，走進巷道；果然那幢矮宿舍拆了，破磚塊、斷垣殘瓦、舊木板、舊木條等，堆積了整個空地，連那株一樓高的玉蘭花也被砍了。不久的將來，這裡也要蓋上一幢巍峨且美輪美奐的公寓建築了，很多的人會住進去，在那裡遮風避雨過著幸福康安的生活，呼吸著那裡的空氣。

　　搬到這裡，是農曆七月前的事了。那時就對隔鄰宿舍的那株玉蘭花樹寄以厚望，我這麼想著：這玉蘭花足有一樓高，主幹的直徑足有十幾公分粗，花季來臨花開滿枝，不就可以傳香千里了嗎？即使在夢中，我也可以擁有馨香。沒有想到卻在人與花爭地之時，花被斲傷了。

　　巷弄裡，猶有七、八個小孩在那裡嘩笑著；我沒有理會他們。我只是一心一意想知道兒子的安全，還有那小孩是何許人？

　　我牽著小孩的手走出家門，也不知道是那來的靈感，就往巷道走，有些小孩聚攏了過來，一直跟著。

　　「你們怎麼可以亂丟石頭呢？打破人家的東西啦，玻璃啦，怎麼辦！那是要賠錢的，回家去，回家去，不准在這裡亂丟石頭。」我責備著他們，也看著他們訕訕的表情，一副挨了罵，知錯的表情。

　　「是他打破的嗎？」我依然看著他們問著。

　　「那是他的哥哥。他們三個人是兄弟。」有位小孩忽而指著

他對面的小孩，忽而點著人頭說著。

我望著那被指認為哥哥的小孩，瘦削的臉上，一點也沒有牽在我手裡的小孩的清秀。這時我突然迷惑著，真會是牽在我手裡的小孩打破玻璃的嗎？如果說是他哥哥打破的，我是比較願意接受的，不但由於他哥哥比較高而且由於他手上、臉上玩得滿是泥巴，而牽在我手裡的小孩，卻是乾乾淨淨、清清秀秀的小孩。

我再次問著：「是你打破的嗎？」

「是的。」小孩輕聲回答著。

「唉，多可惡的承認呀！」我自己在心裡想著。

「你家在那兒？」我問著他哥哥。

「那邊。」他哥哥一手指著那小市場。

「那你也一起回去。」我命令著他哥哥。

我依然牽著小孩的手，和他哥哥並肩而行。但見他哥哥駝著背，我生氣的拍拍他的肩喝著：「挺胸！」我常常希望小孩子或者年輕人的背脊骨是挺得直直的；可是，他的哥哥的肩胛骨依舊浮出，仍然駝著。

「為什麼跑來這裡玩石頭呢？功課做好了嗎？書讀好了嗎？或者寒假作業做好了嗎？為什麼不在家裡多讀一點書！」我望著他哥哥叫囂著：「不讀書，帶著兩個弟弟到處跑，你比較大，應該比較懂事，而你竟不懂事的帶著兩個弟弟亂跑，應該嗎？我一邊走著，一邊罵著，可是他們幾個人都不吭聲。

「你叫什麼名字？」我低聲問著，牽在我手中的小孩。

「楊○○。」微細的聲音。

「你住那裡？」

　　「那裡。」小孩指著。他接著以小小的腳步帶著我們右轉，我以為是那家我有時去買菸酒的平價商店；可是他的小手卻指著另一扇破舊的木門。我曾注意過那扇門，因為跟它隔臨的是一間空屋，偶爾有走江湖的在那裡賣賣雜貨、衣飾、床單、雨傘等物；但經常是空著的，只有一些老年人圍坐在那兒聊天、抽菸、小酌，打發光陰。門是半開著的，我往裡面一看，有小木梯往上，梯下擺著十來雙大大小小的鞋子。此時適巧有位老阿婆出來，我問著：「誰是這小孩的爸爸。」

　　「怎麼啦？」老阿婆寒著臉問：「有什麼事嗎？」

　　「是這樣的，這個小孩子打破了我家的玻璃，妳要是不相信，可以問他，……他的哥哥也知道這件事。」

　　「那要怎樣！打破人家的玻璃就賠嘛，要賠多少？」老阿婆依然寒著臉。

　　「我要見他的爸爸，看看他的爸爸是做什麼的？」

　　「他的爸爸還沒有回來，要六、七點才會回來，他做地毯的啦，跟人家做的。」

　　「好，那我六、七點再來看看。」

　　「隔壁的玻璃門，一個月前也被小孩子打破了，壞了好久到現在也沒有修理，他並沒有要人家賠錢呀！」老阿婆突然說著。

　　我靜默了一下說：「我等一下再來好了。」

　　「那這樣好了，你就叫人家修一修，看看修多少錢，每個人負擔一半好了。」

　　我依舊靜默了一下，又說：「我等一下再來好了。」

　　回家途中，正見內子匆匆迎面而來：「小孩呢？」

「我把他送回家了。」

「怎麼放了呢？」

「看他坐在沙發上一副傷心『生分』的樣子，就很可憐；何況又是那麼小的年紀，怪可憐的，又何必留著呢？」

「好啦，好啦，那他們家在那裡？」

他爸爸六、七點才會回來，我已經講過還要去，就等到六、七點時，再去不行嗎？」

回家後，老二搶著說：「他們用石頭當棒球打，把玻璃窗打破了，我就跑過去大聲罵他們，哥哥『嘶』一聲，就衝下樓，就把他抓上來了。」

老大也搶著說：「那時我聽到好大的聲音，以為是弟弟打破什麼東西，就問弟弟，弟弟說沒有，我再去看主臥室，原來玻璃窗被打破了。我就衝下去問是那個人打破的，有人說是他，我就把他抓上來，然後打電話給你。你不在，就打電話給媽媽，媽媽說拿餅乾給他吃，我就拿餅乾給他。」

等到六點多，我以為他爸爸該回來了，就下樓。我和內子到了小木門前，卻不見人影，只得探探頭叫著：「誰是那小孩的爸爸？」

沒有人回答我，我只得探頭進去，正見老阿婆坐在一坪半的房間的小凳子上，我叫了一聲：「阿婆。」

老阿婆推著笑臉，迎了出來說：「還沒有回來呀，也不知道今天怎麼搞的，回來的這麼晚。他回來，我就叫他去你家好了，小孩應該知道的，我是他的外婆，最近他們才搬家回來住的。」

「沒關係啦，我只是想來看看他的爸爸而已，我晚點再來好

了。」

「還是我叫小孩帶他去好了，我已經打了那小孩的，罵他怎麼把人家的玻璃窗打破了！」

「沒關係，我來好了。」想了一下，我又說：「好吧，就請他來我家好了，這小孩蠻清秀的，不該有這種過錯的。」

九點多，門鈴又響了起來，我接聽對講機：「喂——。」

「我帶小孩來了。」對方這麼說。

我把他們迎了進來，小孩已沒有剛剛的驚悸，好像還很自在的樣子。大人未坐正就開口：「打破了你家的玻璃窗，實在很抱歉，看要多少錢，我賠好了。」

「我不要你講。」我阻止大人再講下去：「我要小孩講。」

「打破人家的玻璃窗，對不對？」我面向小孩問著。

「不對。」小孩的靦腆又回覆了。

「打破玻璃換一塊，不是一件什麼大不了的事；可是那玻璃窗正是臥房的地方，要是正好有人在那裡睡覺，玻璃窗一破，四處飛散，打到臉、打到手腳，不是要流血了嗎？你喜歡不喜歡流血？」

「不喜歡。」

「要是打破人家的玻璃窗，讓別人流了血，那就是傷害罪了，問題就很嚴重了；……幸好沒有人在那裡睡覺，沒有人受傷流血。可是那些玻璃碎了一床，棉被也有，枕頭也有，床上也有；我只得一小片一小片的收拾，大片的比較看得到，小片的你知道嗎？小的，就只有一點點，照著燈光亮閃閃的才看得清。如果沒有撿乾淨，晚上睡覺時，被玻璃一割一刺也要流血受傷的，

191

你說這危險不危險，好不好！」

「不好──。」又是一聲細細的聲音。

「好，那這樣，我要你寫一張保證書，你要這麼寫：第一要孝順爸爸媽媽，什麼叫做孝順，你知道嗎？」

小孩愕然了。

「就是要聽話，做個好孩子。」他爸爸急急的提醒著他。

小孩依然緘默著，我把筆和紙交給小孩說：「我講一個字你寫一個字好了，不會寫的字，我會告訴你，你也可以用注音的，你先寫保證書三個字。」

小孩提起筆來，艱困的思索著。

「用注音的好了。」他爸爸說著。

「ㄅㄠ三聲保。」我提醒著他。

小孩用心的寫著，緊接著我要他寫：一、要孝順爸爸媽媽。二、要做個有用的人。三、運動要在運動場。

小孩用心的寫著，只是他的國字認的少，他只會寫「書」、「爸爸」、「媽媽」、「有」、「的人」的一些文字而已，其餘的不是用注音的，就是我寫在另一張紙上讓他看著寫。

我思索著還要這小孩寫些什麼？想了一下，就問他：「你希望能做什麼？你將來要做什麼？」小孩依舊惘然。

「他說他將來要開……。」大人代答著。「我不要你講，我要小孩講。」我又一口把大人的好意打斷，大人顯露出一份訕訕然。

「我的意思是，你最喜歡什麼？等你長大。比如說當……。」

「開計程車！」小孩有點興奮的說，似乎是由於他終於知道回答我的發問。

可是「開計程車」四個字卻令我寒心，小小年紀就是立下這種小小的志願，為什麼沒有一般小孩所被教育的，將來要當科學家、偉人、音樂家、畫家等，那麼堂皇的希望呢？想了一下，我說：「那這樣好了，你將來就製造計程車，製造好多的計程車，賣給那些專門開計程車的人去開好嗎？那種人就叫做工程師，……那你就寫『我要當工程師好了』」。

小孩依然用注音把那幾個字寫好，然後我叫他寫上自己的名字。我說：「我為什麼要你寫這一張保證書，你知道嗎？就是要你永遠記得亂丟石頭是不對的！」

「修換玻璃要多少錢，我給好了。」大人又說。

「錢不是一件大事，重要的是要小孩加深印像，亂丟石頭是不對的。」

內子從桌上拿了一包餅乾塞給小孩：「你很乖，以後要用功讀書，這包餅乾就帶回去吃。」

「那真是不好意思，他該怎麼稱呼你呢？」

「什麼稱呼沒有關係的，只要他用功讀書，將來做個有用的人。」

我把他們送到門口，大人說：「那就叫你——趙老師好了。」我不置可否，只是望著小孩，輕鬆的說：「拜拜——。」

「拜拜——拜拜——。」小孩輕脆的語言，迴盪在樓梯間。

（刊台灣日報1988.05.23）

那小孩

　　那小孩，有著黝黑的肌膚，大大的眼睛，一點也看不出他是登山者的模樣；而他卻混跡在登山者的人群中，他洋溢著一團的清純、智慧與稚氣，滿眼盈溢著山之美妙。

　　那小孩，踩著自信自負的腳步，以輕快絕妙的韻律敲叩著山徑，走出律動，和入大自然中。他蹦跳有如敲打樂器，在靜謐的山林裡敲打出輕快的樂音。

　　探索本身就是開拓，足可壯志。在登山者的人群裡，我輕易的，就可看出他亮麗的眼神，有如一泓清澈湖水。在他那湖心裡，孕育著一種無畏山嶺阻隔，澗崖阻隔的信心，他一樣的踩著大步。那個小孩，乾淨俐落得很；他輕易的自在自如的融合著一種自來自去的閒適。

　　登山者可真是登山者呀，有的人數十年如一日的，每逢假期就趕著去參拜原野。我常見有五、六十歲者，拄著登山杖，揹負著沉重的登山包，堅毅自負，不急不徐的走盡一段段的山路，也走過一座座的高山，而掛在心懷的還是百嶽的經歷。

　　迎著風，漾著光，吐著花，抽著芽，一些原野的景色就是這樣生長著了。白色蝴蝶紛亂忙碌；鳥雀若起若落飛在山林裡，不停的叫囂，登山者聆聽著的，盡是山林之美妙。

　　一絲絲淡淡的煙靄，昇騰在水沼，在湖邊。細緻繁密的花草，在向晚裡搖曳，散播著婀娜多姿，且有寧謐飂緲的氣息；而登山者飲的盡是山泉澗水的清涼。

　　登山永遠是永恆的挑戰，走過一個山又激勵著下一個山的造訪，那是對山的癡狂精神。登山者走過千山百岳，自豪是山癡山狂。而就在那個岔路上，那個小孩就以快速敏捷的步伐，走進了高山腰裡。呵，原來他是山裡的人，自小在山野裡學爬學走學跑的人；他本來就是山野裡孕育出來的小孩，永遠含著清純樸實和堅毅自信。

（刊1988.08.31台灣日報）

登山

旅遊

夢幻湖之行

記得幾次上七星山上，就聽人提起附近有一「夢幻湖」；以其名迷人而常嚮往之。只是苦於抽不出時間，久久未能成行，以一睹其廬山真面目。1978年休假，帶把雨傘，按圖索驥，才真正奔赴夢幻湖。

那天搭車到陽明山後，順陽金公路漫步前行。以為該湖屬近郊，且以為里程不遠，很快即可下山回台北，諒不至於迷路的；因此什麼吃的、喝的均沒帶，於今想來卻是太天真、太大意了。

走到中國童子軍營地，見一標誌，一指經夢幻湖至擎天崗，一指至七星山。我順著右邊的小徑往上走，當時黎明的微雨仍積聚在窪地上。我前後探望，一點人影也沒有，這小徑上就只有我一個人拄著傘一步一步往前踩踏。小徑的坡度不小，所以偶而要攀抓樹枝、樹幹，以協助雙腿前移。在樹枝上，留有紅白指示條，稀落的在微風中招展，似是在迎迓登山者前進。

我一直順著右邊的叉路前進，也就是順著鞋印的小徑往前走。到得山腰，又有一指示牌，我循往夢幻湖的方向走。適才的小徑是喬木多於蘆葦，而這裡則是喬木越來越少。但見蘆葦叢生處處，極目望去，更高緯度的地方，簡直找不出任何喬木的所在了。那裡都是遍野的蘆葦，其上則霧氣騰騰，冉冉飄

飛，忽地步上一兩公尺寬的泥巴路，心中不覺嘀咕，夢幻湖是否又是無緣得見？

我緩緩的一步步往前走，靠草邊的水很淺，這時只聽到四周的蛙鳴互相唱合，還有不知名的蟲和鳥也在爭鳴；它們似乎都沒察覺到我的到來，大地是一片安詳與寧靜。

水上的霧，似與湖水相接，又似行走其上，冉冉而升。我佇立極目望去，竟不見對岸。這湖似很遼闊，既是湖，當然可轉圓圈回原地，乃順著湖邊，踩著蘆葦前行。

其後穿過路邊好幾座企鵝形的垃圾筒，看到台北市政府豎立的招牌，方才恍然大悟，原來正是置身嚮往多時的夢幻湖呀。這倒真應了一句俗話：「踏破鐵鞋無覓處，得來全不費功夫。」

台北市政府的招牌是如此的寫著：夢幻湖面積0.5公頃，水深1.5公尺，海拔875公尺。

走過泥巴路之後，又是水泥路。再往下走，忽見二叉路，一條上坡一條下坡，當即依常理判斷該走下坡路下山。一路下去，行行復行行，仍是漫長的一線道寬水泥路。這時不巧的事發生了，毛毛細雨變成滂沱大雨，群山之上烏雲密佈，風也囂張的狂作，遠望山谷一片迷茫。風是太大了，雨也太驟急了；我不得不一手抓著傘把，一手緊緊支撐傘葉的支架，以免風大被翻掀傘面。走過標示在水泥路上紅色油漆所書：「洗溫泉由此下」幾個字之後，路仍一路下坡，又過幾間雜貨商店，下坡路忽而朝上行，此時不覺暗叫，莫非走錯路啦！

風雨仍不停的呼叫，拍擊著四周的山谷，也拍擊著傘葉。被淋濕的褲管沉重而黏貼在小腿肚上，羊毛背心沾滿霧氣和小

水珠，溼淋淋的，我輕輕的一彈就彈去很多水珠。可是那些已經滲入羊毛背心裡的，卻是沒法抖落。此時，裹在單薄背心裡的我，正自哆嗦個不停，雞皮疙瘩也一個個的冒出，兩腿舉步惟艱。我真後悔來時的大意，不帶吃不帶喝的，飢寒交迫，且一路上闃無人烟，顯得孤零異常。

此時四野白茫一片，位處群山之中竟不見山影，只有水泥路寬闊的置身腳底。鼓著勇氣獨自前行，良久終於又回到叉路上，經略加辨識，即往上坡走 。很快的，路又成下坡，坡度不小，起碼有三十度上下，想到不久即可下山，精神為之一振，飢寒頓消。

我幾乎用半衝刺的，一路的奔跑下去，在矇矓中，抬頭又見崗哨，心想搞不好又錯了！惟經仔細分辨，不但有崗哨，還有掩體，足見並非剛才到過的，頓然心安不少。詢問過後，才知道不遠處的柏油路就是陽金公路。

踏上歸途，在車上仍不免的哆嗦不已，那不但是冷意所起，也是心悸後舒暢且安全感的顫慄。

日昨，偶憶夢幻湖之行，雖當時「夢幻湖風景區」尚在規劃之中，但那清澈的湖，湖邊的楊柳，以及那種霧氣與湖面相接的迷茫，自然蔚成淒迷之感，確如置身夢幻之中，飄飄邈邈，頗富詩意。

（刊1983.01.25中央日報）

作畫碧潭舟上

　　碧潭是我愛去的地方，一年總要去個幾次。有時划舟潭上，讓溪水流過舟畔槳楫，迴過處處岩壁；有時漫步碧潭樂園，但見茶亭處處，林蔭蔽天，蟬鳴不絕於耳；果若乾旱季到來，潭內水流消瘦，潭邊小舟並排閒置，落寞蕭條自有淒清之態。

　　相約至碧潭作畫是兩個禮拜前決定的事，連同陳代銳老師一共七位，集合後我們就緩步到碧潭公園；其實這公園只有一個碑石挺立，碑石左右各有一走廊而已，稱之公園原無不當，只是小了點。

　　幾位同學都是畢業後對畫畫有興趣，而跟著陳代銳老師學畫，從素描開始學到水彩，當然業餘作畫既受俗務羈絆，又侷限於時間，原本不易有所得；但對作畫的興緻依然不減，當有人提議寫生時，我們仍然不免躍躍欲試。在碧潭公園裡，各自找個位子把畫架架好。望著遠近山嶺，以及細長的吊橋，已然捕捉到一片風景與靈氣。潭裡遊舟三五輕漂，岸邊垂釣者鵠候浮漂的顫動。天湛藍水湛藍，輕風陣陣飄走暑氣，令人心曠神怡；雖然把風景畫作畫壞了，依然換張紙繼續的畫。

　　午後原本晴朗的天空，突的陰暗起來，正自煩憂無以為繼作畫時，有人提議不如僱舟放遊潭上，在船行之中速寫潭畔景色，或者再加以淡彩處理。這種嘗試對我們來說，毋寧是一種挑戰，

令我們心怯。但陳老師說，他的素描基楚是在高中打好的，每當通學之時，他就一手執筆一手執畫冊，用心的把對面女生的各種情態描繪出來；有時興起，同學相約至夜市場，叫個飯菜擺在桌上不吃，卻忙著掏出畫冊把人來人往，熙熙攘攘的人群百態畫入畫冊。他又說，速寫是用最簡單的線條，把對象表達出來，講究的是一氣呵成的效果。他鼓勵我們坐在船上，景物不會等我們慢慢的刻畫，必然會逼迫我們把對象盡速表達；既是素描，對次要的線條自然要省略，此不失為學速描的方法之一。

船家緩緩的划著船，緩緩的前行；船裡只有一片的寂靜，每個人都專注於眼前景物和畫冊。船外一片片的岩，一棵棵的樹及遠遠的吊橋，在在都流露一片清新與碧綠。潭裡小舟處處，載著青春與歡笑競遊；我們在大船上的人，卻只有觀察的神色和快速的塗抹，沒有歌沒有琴，行舟潭上作畫，其風雅不減於行舟琴棋。不久，雨慢慢的又飄飛起來，潭面頓然洋溢起一個個漣漪，遠樹近岩忽的矇矇似含煙霧；但我們不減雅興。後來雨勢漸大，但我們仍然無覺於頂蓬的落雨，依舊浸淫在藝術境界之中。再後來，雨霹啪大響，其勢有如碗豆傾覆，不得已趕緊把船泊回岸邊；此時方覺背脊都淋濕了，點點冰涼油然升自心田。望回潭面，遠處的吊橋消逝得無影無蹤；驕狂的年輕人依然無畏的把身軀裸露豪雨中，讓大自然的雨霧恣意拍擊臉頰，他們用勇猛的划槳，嘲笑著風風雨雨。

我輕輕問著郭小姐說：「妳敢嗎？在那麼大的雨中划船。」她亮著堅毅的神色說：「敢，看是什麼人帶我。」敢情她也是一位多情的女性吧。另一位郭小姐則指著雨說：「這是大珠小珠落

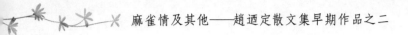

碧潭。」而林小姐卻說：「沒有小珠，只有大珠。」確然，這雨勢太大了，把個碧潭都塗抹成一片的灰暗。

　　當雨勢略小，我們才分批上岸賦歸，也把一天的風雅植入心田。

（刊1986.04.07商工日報）

澎湖風光

澎湖，對我來說，她是一個陌生的海島；當飛機降下高度，我就急切盼望一睹其風貌。在地面清晰可見時，澎湖群島就羅列在碧海中，每個島四周都激盪著一環雪白浪花；更清晰時，就見低矮的房子，以及荒涼落寞的澎湖本島映入眼簾。

一下飛機，救國團的車子就把我們送到林投公園。林投公園位處馬公之東，瀕臨大海。導遊說：「公園裡的樹木是澎湖地區樹林最多的地方，確實不假。」從機場到公園的這段行程裡，但見大地上參差羅列一些低矮的房子，光禿的泥土以及老砧石堆砌成的牆垣；只偶爾可看到一些鮮綠的野草和農作物，而少見到樹木。老砧石是一種最無價的珊瑚石，本身即是凹凸不平，所以一經置疊在一起，風吹雨淋也不易撼動其變易位置，當做牆垣也不易倒塌。老砧不只做為擋風牆之用，也有劃分地界的功能，更有吸收鹽分的功效，讓土地減少鹽分。適宜做擋風牆、做劃分地界，我們是一眼就可理解的；可是說可以吸收鹽分，我倒不太敢相信。雖然嚮導振振有辭的說：「不信，可以舔舔看！」我還是這麼解釋著：那鹽分是來自大海，老砧原本就生長在帶鹽味的大海裡的呀！

一路上的樹木，僅有稀稀落落的偶爾斜斜的佇立著。那些樹木都枯乾了；有點生機的，就從樹根處長出一些鮮綠。這裡澎湖

最多樹木的地方，其實是託天之大福才能保存下來的；因為公園北邊有高丘阻擋強列東北季風的侵襲，才得免浩劫。東北季風在澎湖颳的經常是九、十級以上的強風，「噼噼啪啪」，一下子就會把樹梢上的葉子打光了。因此澎湖的樹，就連這公園裡的樹也一樣，就是存活的，也總是上半身枯槁，下半身顫抖著一些春來才滋潤出的綠葉。

「林投公園」內的植物，除草皮、苗圃、花圃以及一些松柏外，就屬耐強風鹹雨的木麻黃為大宗。雖說這裡是最具綠意的地方，其實每株樹木也是歷經艱苦才成長的，多少風雨使它們躓仆，多少風雨使它們消瘦，而它們都盡力的抬起頭、昂著首。這裡的松柏和木麻黃，其高度均不及臺灣本島，其茂盛狀也不及臺灣本島。

園內的樹，能有如此的成就，已是煞費苦心了。原來這些樹，能有2、30台尺左右的高度，已是奮鬥近四十年的成績了。可惜去年韋恩颱風的來襲，竟把四十年心血整個破壞了，眾多的樹傾倒，甚至被連根拔起；所幸靠著駐防部隊的整理，經過扶起、種植，有些樹才又存活下來！雖然每株樹幾乎死去一半的身軀，在那枯幹上，是再也無法恢復生機的。這公園是一個熱帶公園，舉目所見的各類花木，都是熱帶性植物。園內尚有亭閣、石座、噴水池、水塔，以及胡宗南將軍的銅像、吉星文將軍的墓和軍人公墓，供人憑弔，景仰流連。

我穿過木麻黃道，穿過仙人掌旁，一下子就到了沙灘上；那裡有一片鬆軟的白色細沙灘。這裡的仙人掌果，據說可食用；可惜在五月裡的季節，仙人掌只是開著厚碩的花，因此無緣採食。

沙灘上一無人跡，只有一位海防部隊隊員望向海那邊，孤獨的戍守著這片寧靜的海。

海潮一波波湧上來，由於風平浪靜的關係，潮也是羸弱、平和、溫暖的。我把腳印一個個嵌進沙灘裡，雖說是正當漲潮；那些足跡馬上湮滅。我把跫音一個個的抖落沙灘上，雖說潮聲都比跫音響亮，我依舊有份所屬感，似乎擁有了這片沙灘的寧靜。

據附近的人說：「這裡的樹，要恢復昔日景觀，至少要二十年，一段好漫長的歲月呀！」這也可看出，凡事建設難破壞易。

車子接著把我們送到文化中心，我心想文化中心有什麼好看？現在不是每個縣市都有文化中心，負起舉辦文化藝文活動，推展文化工作、提昇全民精神生活嗎？我又何必千里迢迢，從文化活動最蓬勃的臺北到這鄉下地方看藝文展覽呢？但當車停，我依然信步走入文化中心。這下子，我才知道澎湖文化中心裡不僅有別的縣市也都有的圖書館、閱覽室，還有澎湖特有的貝殼展、化石展及海洋世界，內容豐富多姿多采。

其後車至跨海大橋。跨海大橋橫跨吼門海道，連接白沙和西嶼二島。橋身長2,160公尺，是遠東第一深海橋。這橋如以橋墩來看，共有74座，如以橋孔來看，則有68個。

車子在橋上把我們放下，說要我們步行過橋。我雖不願走在這種水泥欄杆的橋上，哪裡的水泥橋還不都是一樣嗎？又有什麼好看的？何況每天上班經過中正橋，經常交通阻塞的，心裡想著就是討厭橋長走不完；在那種文明的水泥產物上，著實不令我欣賞的。我寧可欣賞簡陋的獨木橋，或者斑駁的吊橋還富詩意。可

是當我下了車,我發覺我與海是那麼的接近,一眼就看見藍天白雲下的海景,碧波千頃,數不清的游魚浮游在橋墩旁,白鴿、海雁忽而翱翔天空忽而貼海而飛。

跨海大橋上,固然有自然美景供賞心悅目,其實這鉅大工程最重要的功能,是把馬公本島和西嶼島連成一體,促進地方經濟發展。在跨海大橋,橋頭高聳,雄偉的拱門前,我們又上了車,直奔西臺古堡。澎湖有一級古蹟,其一為媽祖宮,另一即為西臺古堡。

西臺古堡位處西嶼鄉外垵村南海岸,係光緒年間李鴻章為防臺灣海峽賊寇侵襲而建砲臺於此。西臺古堡佔地8.15公頃,四周有城垣,保護牆內,壘石為壇,壇上置有大砲四座,壇下則建隧道成山字形互通。

至西臺古堡時,遠遠的就看到一堵牆垣橫阻在前,高聳的隧道張著大口迎接我們。那隧道之寬,足可容下十人並肩而行。牆垣上嵌著「西臺古堡」四個大字,在斑剝的形象裡,已經過百年風霜歲月的洗禮。雖百年,而西臺古堡依舊壯碩,足見其構造之堅固與精心。我爬上古堡,堡上稀稀落落長滿了野草。這種古堡,在今天的防禦工事上雖不見什麼價值,以今天尖端攻擊武器來看,更可見其簡陋;但在百年前,那可是一個極具軍事價值的工事呀!

歷經時代的變遷,這古堡早已在當地人們的記憶裡消失;但遊客卻如織。我又逛到岸邊,但見碧海遼闊、和風徐徐,腳下有幾處用零亂的礁石疊置,狀似圍牆,把海水圍了起來。潮一波波推近石牆裡,據嚮導說:「那叫石滬,是一種捕魚的方法。當潮

漲越過圍牆時，有些魚蝦就會隨潮水而來，等潮退時，魚群就被留置在石滬裡了。」

我早就嚮往「風櫃洞」了。有那麼一個印象，有篇文章裡曾把「風櫃洞」描繪成古老、單調、寂寥的形象；相對於海的壯麗、濤的澎湃，更使人聞到風櫃洞的悽美。我走過平坦的小徑，其實澎湖原本就是海拔百公尺以下的平原；這裡的山，只是海拔數十公尺的丘地，算不得是山的。

風櫃洞是一錯落著黑岩的海岸線，其間有丈多長的岩石溝渠。每當潮來，拍進小溝渠裡迴旋、激盪，其間的岩洞就響起一陣轟隆的濤聲。我們來的應不算是時候，否則據說當大浪翻滾激盪時，潮水不但穿進溝渠內，而且自風櫃口冒出一如火山噴火一般，而此時雪白的浪花用黑岩陪襯，更見浪花之美。

我們到時，岩上正有一位五、六十歲的老者，在獨自垂釣。那老者一身樸實的衣飾，左腳邊擺了一個竹編的簍子；我探頭一看，見其中有十幾尾帶斑點的魚。老人說：「那是石斑魚，是海產店裡的貴族。」有位來自城市的人眼尖，叫著：「你看，他所有的釣具都是自己做的！」經他這一提醒，我才注意到，果然那竹竿並不是釣具店裡那種一根千把元的釣竿，也不是幾節相接的魚竿，而那浮標也不是釣具店的，看來也像是用小竹子做成的。

大夥東問西問的，老者也不在意的回答著；突然浮標一沉，他就順勢把釣竿拉上來，又是一條石斑魚上鉤！我們都興奮的鼓掌，老者把釣餌勾進魚鉤裡，接著又拿個餌，摘去頭部，把軟軟的肚子掛在鉤上，有人問著：「用什麼當餌？」

「寄生蟹。」老者說。

「寄生蟹買來的？」

「不，撿來的。退潮後，沙灘上隨處可撿得到。」

「那多好呀，魚竿、浮標自己做，魚餌又不要錢，釣釣魚就可以生活了。」

「我是沒上船，閒著也是閒著，才來釣魚消遣的，光是釣魚，哪能維生呢？」

我看著老者把釣竿再次拋向海裡，而後左手捉一把香米糠之類的東西，往浮標處丟去。海水很清澈，很容易的，就可以看到那些香米糠往下沉落。「魚兒多不多？」也不知是那位發問著的。

「唉，少了，以前半天下來，就可以釣個十來斤，魚兒多得竿子一甩魚就上鉤了，現在少了囉。有時老半天也釣不到一條，就像今天，太陽早在半空中了，魚兒都不會來上鉤了，也只不過釣了十條而已。」

「怎麼會這樣呢？」

「唉，通通被電光了，毒死了！那裡原本是一個大釣場，可是很多人就用電、用毒捕魚，澎湖的治安就數這件事最頭痛也最嚴重。好啦，那麼的用電、用毒的，大大小小的魚就全死光了。要是用捕的、用釣的，小魚是不會喪命死掉的。等它們長大了再捉來食用，才有價值呀！」老者遙指遠遠的那片海。我看了一眼，那裡只是遼闊的一片海，也不見魚場在那兒，魚船在那兒？

在海裡，也可以用電、用毒的呀！我只聽說在臺灣本島河川裡的魚，就是那樣被消滅殆盡的。那些自私無知的人，拿著蓄電池拿著通電的竿子，往水裡「吱吱吱」的各處走一遍，魚兒就靜

止的浮在水面上被撈捕；還有的人更絕，在上游的地方，丟下一些蘆藤等劇毒之物，再往下游一路撿拾魚蝦。這種貪婪自私的心態，使得河川裡的天然魚類、貝殼，通通消失了。「這種行徑就是在掠奪子孫的財富！」有人氣憤的說：「河川這麼小，海那麼大，怎麼也可以施毒、用電呢？」

「可以呀。海裡照樣可以用電用毒呀！」老者簡短的說。

「用毒捕魚能吃嗎？」有位女生訝異著，或許這是她所沒有經歷過的事。

「沒有關係的，只要不吃魚的腸肚。」

嚮導在那邊招呼著我們歸隊，我憂傷的看了那一片無辜的海。那是一片多麼遼闊碧藍的海呀，卻在人的貪婪自私裡被戕害了。豐富的海洋資源漸減，一如臺灣本島。那些自私的人，一心一意在破壞我們的生存環境，破壞自然生態，而不知道這種無知會遺禍我們的子孫。

「嵵海水浴場」，距馬公十四公里遠，此處山高海闊，沙灘縣長，白沙平軟，海水清淺蔚藍；其實澎湖到處都有這種海岸沙灘的；只是嵵海水浴場的天然環境最美。我們到時，浴場還沒開放，不見人潮，不見喧鬧；只有幾部水上單車孤單的停憩在沙灘上，令人一看就想騎往海上去逍遙一番。我商請管理員，他的個子不粗不壯，但看得出是屬於那種精力充沛的人。他把水上單車推入海中說：「半個鐘頭二百元。」這種收費貴不貴我不知道；但為了新鮮，我仍欣然的踩了上去。

水上單車操作方式就如同腳踏車一般，動力來自雙腳的踩踏。我激起一個好勝好強的心理，猛烈快速的踩踏著腳踏板，在

海裡衝來衝去；只是它的速度總沒有腳踏車那樣的快速奔馳，而感到沒有速度感。等腳累了，我才一步步有秩序的踩著踏板；這時我忽然發覺水上單車順著波浪上下浮動前進。此時才恍然大悟，原來踩水上單車不急不徐順著波浪，才是最舒適、最悠閒、最省力的方式，也才能感受到水上單車的悠閒。

管理員告訴我：「過些日子，老板將建旅館於此，讓樂水的人、愛垂釣的人省卻奔波，可就地休憩。」我說：「這是一個很好的構想。」發展無煙工業的觀光事業，本來就是很好的選擇。

在海中漂浮很久，望望藍天藍海，享受短暫悠閒之後，半個鐘頭已快過去了，我奮力踩著水上單車奔向沙灘。不因時間到的關係，而是我企圖把單車騎上離水波數公尺遠的沙灘上。那是單車原本停留的地方，可是當我的車前輪一經觸及沙灘，就像被沙吸住一般的動也不動了。我不死心的又試了好幾次，依然無效，最後只得放棄念頭。我跳下車，正好一波水浪沖來，頓然把我的褲管和靴子浸濕了，只那麼一剎那呀，我就感到有許多沙子積在鞋內，令人感到不快；可是我不在意，我依舊推著水上單車登上沙灘。

管理員告訴我：「七、八月就可以游泳了，那時海依然平靜如湖。」我說：「看看吧，有空就來。」我們回到馬公市，嚮導把我們通通趕下車，叫我們獨自去逛街買土產，並且告訴我們準時在十二點前，回青年活動中心吃中飯。

走在澎湖的小街道上，第一個感覺就是空曠，並不是道路寬，這裡的道路都是小小的，有些甚至應稱為小巷而已；而且是車少人稀，顯現出那份小城的寧靜。空氣很舒暢，感覺裡是帶點

鹹味的。街上的商店除日用品外，大多是土產店，有些是賣魚蝦乾貨的，有些是賣藝品、石頭的，有些是賣花生糖、鹹餅的。我們穿梭其間買這買那，生怕買少了一般；接著每個人大包小包，雙手無暇，辛苦的提回活動中心。

等車來接我們上飛機時，但見遊覽車裡塞滿了澎湖土產。幾乎每個人都買了魚干、五香花生；有些人也買魷魚絲、花生糖、鹹餅。還有些人更買一些石頭、印材、貝殼、項鍊等。或許當我們降落臺北，我們的家人、朋友、同事，也能從土產裡嗅出一份專屬於澎湖的風味。

（刊台灣日報1987.09.29）

其他

以往的

嫩綠的愛

　　初萌芽嫩綠的愛，有時會欣欣向榮而成長、開花、結果；有時則經不起風吹雨打而枯萎、凋謝。二月，有那麼一份嫩綠的愛冉冉的飄落，似是自空而降那麼的來得無聲無息，那麼的來得突然與意料不到。只可惜，六月的風雨太殘酷，竟以颱風的雄姿駕臨。嫩綠的愛呀！是不夠堅強，是不夠毅力；是過不了冬天，是沒有秋收、冬藏。

　　走過妳公司裡，妳正抬頭仰望，似有無限的純真與幻想。就那麼偶然的，當我驚訝於妳的清秀與純潔時，妳也揚揚睫毛投射過來一份訊息。就那麼的一望，我知道我的心在砰砰跳，是一種雀躍，想躍過櫃台的障礙，把那阻隔在妳我間的陌生摒棄。我知道我的心在砰砰跳，是一種欣喜，一種見到妳的喜悅。二月呀，有那麼一份嫩綠的情意，冉冉的自我心中浮起。

　　當然，我很容易知道妳叫什麼名字，那是自妳櫃台上標示的名字而得知。我函寄渴望友誼的信函，託付綠衣使者帶給妳，把我那一份對妳的讚美，與希冀和妳握握手的信函，送達妳纖纖的玉手。我不敢相信，妳會回我信件；而且竟然祇有三、四天工

夫，我就接獲妳的回音，這是多麼暢快的一天呀！

雖然妳信裡寫的，是短短的幾個字。妳說：「高傲的人，常要失去朋友的。」但我並沒有把這句話放在心裡，我也沒有料到，我們的友誼竟然也因之而觸礁而擱淺而消失。

那天，我在月光下躑躅很久，若果月亮可以託付我的情意，我願把我那千言萬語的情意付託。

三月時，我們的那份嫩綠的愛，正在欣欣向榮的滋長、發芽。我們以電話把兩個人連繫在一起，緊緊的一起打發了很多的中午休息時間。我們互相以敏銳的觸鬚探索對方，討論人生的問題，以及關於妳我的種種；我們似乎想要無休止的洞悉對方。

四月，本該是青春的花開之時，四月本該是結伴踏青的時節。可是，有一天我突然接到妳的信件，妳說妳感到茫然，感到惶恐。妳說妳仍要重覆曾給我的第一封信上的一句話：「高傲的人，常要失去朋友的。」妳說與其將來分離，不如現在分開，那時我真是手足無措。你想我正在描繪我們的將來，希望我們共同去採擷春天的氣息；而妳竟然出奇的給了我這麼一封信，我是多麼希望我沒有收到呀，可是妳的信件是很實在的躺在書桌上。

五月，妳不再給我隻字片語，也不接我的電話。甚至有時接聽到我的電話，妳也馬上一言不發的把電話掛斷，這是多麼殘忍的事呀！但妳是這麼做了，是果敢的這麼做了。而我的心卻被妳一寸寸的在割裂，薔薇有刺已栽植在我胸中。事實上，我不能怪妳，妳已一再聲明好聚好散；而提不起放不下的我，就是承受不了那自我編織情結的毀滅。因此我一再希冀，那鵲橋能夠重新

建立，甚至比以往更鞏固堅強，我總是相信「精誠所至，金石為開」。

六月是一個暴風雨的季節，也許是妳更厭煩我那不瀟灑的個性，那種作繭自縛的個性，那種提不起放不下的個性；因此妳不只仍在拒聽電話，拒接信件，把我那泣著血流著淚完成的作品拒收。妳甚至把我以往給妳的信件，整個的一封不留的退回；甚至告訴我，妳早就有青梅竹馬的朋友，一心一意要我忘了妳。妳把心扉完全的封閉了，這使我感到難以忍受。嫩綠的愛呀，已被六月的風雨蹂躪，正在風雨中哆嗦。

七月，月亮仍然照耀著大地，我仍靜靜的彳亍在月光下，這讓我回想起妳那給我第一封信的夜晚，我是多麼興奮與憧憬；可是那興奮與欣喜已隨風雨飄逝，代之的是一份冰冷的泣血的感覺。

嫩綠的愛呀，在二月萌芽後，只不過經過短暫的三月的滋長，在四月就枯萎了，而在五、六月更被蹂躪了。這是多麼短暫的一份情呀，匆匆來也匆匆去，正如其萌芽是來得那麼的突然，那麼的沒有防備；但在我的心板上，卻烙上了一條深深的烙痕，在人生的旅途上，永不能淡忘的一條烙痕。

沒結果的情

是什麼風驅使妳打電話給我，竟把我那隱藏十年來，在校時的一段未完結的愛，連根喚醒。中午，陪內兄到銀行匯款，並留

下連絡電話，不意竟因之而跟妳連絡上。內兄，哈，我太太的哥哥；若果我們的一段情有完結篇，能走進禮堂，他哪會是我內兄呢？而今，竟然是因內兄而跟妳再連絡上，情人呀，我在校時一度為伴的情人呀，這是多麼大的諷刺呀！

　　古人說：「人生何處不相逢」。唉，我們相逢了，只是妳已為人妻為人母，我也為人夫為人父。為什麼在那一段妳我失去連絡的時間裡，老天不安排我們重逢，為什麼老天不安排我們重逢在未婚之時呢？

　　電話「鈴」一聲，把我從繁忙的工作中打斷，我只聽到對方是一位女生的聲音，帶著一份迫切，壓低了聲音說：「趙西崖嗎？」我很陌生的答說：「我就是！」

　　也許是因為那份相識已隱藏了十年，而有點陌生，我竟然回想不起妳一貫的銀鈴聲。突然妳以半開玩笑的態度說，要我猜妳是誰？這簡直讓我摸不著頭腦，我帶著詢問的口氣說：「要我猜？」妳竟然斬釘截鐵的說：「只要你是成大的，我就有權要你猜！」這可是霸道了，十年來未見的情人，當那相思淡忘了，當那情意被時間的灰塵覆蓋後，妳竟然要我一猜就猜妳是誰，這是多麼殘忍的一件事呀，也是多麼天真的一件事呀！

　　在被妳的霸氣所迫之下，我竟然很順從的努力思索著，妳到底是誰？可是腦海一片空茫，沒有一點跡象說妳會突然出現呀。所幸妳在要我猜之後，響起一串銀鈴聲；我突然靈光一現，妳不就是那名叫阿玲的人嗎？不假思索的，脫口而出的叫出妳的名字；果然妳滿意的又響起那熟悉的銀鈴笑聲，響起當日我夢寐思之的笑聲。

　　妳是爽朗的女孩，我是憂鬱害羞的男孩；所以我們由同學而進一步為友，也由為友而進一步踩進情感的旋渦中。我們一起飄浮在情感的漩渦裡，也一起漫步在校園，徜徉在黃昏餘暉中聽蟲叫鳥鳴。我們都年輕，都有一份憧憬和幻想，還有夢。

　　接著我們談了一些彼此的近況，並互約見面聊聊，終究我們曾有一段情；就拋開情不談，我們也有同學的友誼，可以見面拍拍肩膀的老同學。

　　這是一個令我心潮起伏的事，我們一起求學，也彼此沐浴在對方的情意中；可是就因為妳的爽朗，我的憂鬱與害羞，因此我們疏遠了。妳走的匆匆，我去的也匆匆；於今妳已出嫁，我也婚娶，可是我對妳的那份情意，仍是漫漫的蠶絲。

冰宮緣

　　我們的認識，可說是再單純不過了。我曾在證券行看過妳，雖然我們沒有業務上的接洽，也沒有交談過；我也在上班搭3路車時看過妳，因為我常在妳的前一站上車，雖然我們也沒交談過，但我對妳有印象。固然那印象是來自妳修長的身材，固然那印象是因為妳有姣美的臉孔；而更主要的，是不管哪一次看到妳，總是發覺妳把頭髮梳理得服服貼貼的。每次我總是在心裡暗叫著，這一定是位愛整齊愛乾淨的人，說不定還有潔癖。

　　當然，若果只是在證券行看過妳，若果只是在3路公車上看過妳，我們仍不會認識，我不會開口，妳也不會搭腔的。可

是，有一天我上圓山冰宮時，我穿上冰鞋，在場裡溜了一圈；那是一種飄飄然的感覺，冰在腳下，水氣在空中，有時冰上還會結著一層雪白的霜，那是一種新奇的經驗，尤其在這炎熱的台灣。

那時我看到妳笨手笨腳的，走一步晃一步，真是舉步維艱。妳是初學的，我在想，甚至是第一次上冰宮的生手。我溜了過去，很自然的伸出手說我帶妳溜，妳揚揚睫毛也很自然的伸過手來，就這樣就打破了彼此間的陌生。於是我教妳如何以「八」字形往前滑，上身與腿如何保持重心，維持平衡。

妳的手在我的掌中，妳的手指很修長，正如同妳修長的身材。妳的笑很爽朗，就像妳開朗的個性；於是我告訴妳，我在證券行看過妳，也告訴妳在3路車上看過妳，我說妳的頭髮梳得好平整。妳吃驚的說：「看過我！」那模樣好像是一朵漂亮的花，刻意的修整自己，希冀別人注意；而竟然真的有人注意到，而感到一種滿足與安適。妳說妳每天要花二十分鐘整理頭髮，妳說妳不喜歡蓬頭垢面。

我們談著、笑著、溜著冰。妳說妳在證券行，若有關於證券的事，妳願意幫我，而把妳的電話留給了我。今天回憶起來，我倒忘了當天妳是否有同伴一起來，只記得妳在溜冰票時間到時，就匆匆離去。

接著很自然的，我給了妳電話，而後我們一起去看電影。妳說妳喜歡大場面的電影，喜歡豪華的佈景。我們也參加音樂會，妳說妳喜歡大場面的交響樂。我們也一起划船，飄浮在碧潭上，看天上的星眨眼，看天上的雲悠遊。

　　有次，我送妳回去，妳指了指那木造的二層樓告訴我，那是妳的家。其實那只應該說是一樓半，因為二樓只是小閣樓。妳說那是宿舍，日據時代留下的。妳說妳曾跟妳媽媽說搬家，搬到鋼筋水泥的樓房；這時我才知道，妳一再的喜歡大場面的電影，大場面的交響樂，好像是一種補償，一種對現況的不滿。

　　我們仍交往著，但有一天，妳跟我說妳還小，妳起碼還要再過四、五年，等到二十七、八歲才要結婚，而後我們很自然的分開，沒有一點感傷。

　　過了幾年，我結婚了。有一天，妳竟打電話給我，那電話讓我很驚訝，你說證券行經營不善改組了，妳馬上要到公家機關去上班當雇員，妳說妳想請教我一些應考及學科上的問題，妳說妳要參加普考。我告訴妳，書本我丟了，老師教的我還給老師了，再找我恐怕是緣木求魚！

　　其實，在我心裡，我另有一個原因沒跟妳說，那就是我已成家，我對我的家庭應該要負責任的，要負一種維護家庭安全、安適的責任，我不能讓我妻子捕風捉影。當然，也許我們的再見面，可能只是一種純粹學科上的探討，但我怕節外生枝，影響了我家庭生活的和諧。

（刊1981.08.12自立晚報）

偶然

　　偶然是人生旅途中的一個驚嘆號，總在心湖裡漾起一兩個微波漣漪，收穫一兩份淡淡的喜悅與驚奇。

　　偶然是一種不期然的巧遇，總使心靈彈奏出一兩個音符的悸動，收穫一兩份淡淡的愉悅與歡欣。

　　偶然是蜻蜓點水，乍時無蹤；偶然是蝴蝶駐足，無感覺與重量；偶然是雲彩的倒影；偶然是白鴿的翱翔。

　　偶然是瞥見纖細的酢醬草開出淡淡的小藍花；偶然是瞥見峻崖上一棵小松樹，枝椏蒼老孤寂，與天地合一而挺立。

　　偶然是一種喜悅與驚奇；偶然是一種愉悅與歡欣。偶然呀，是無心，不具期待，不含盼望，不要憧憬，更不見得失，無有榮辱。

　　偶然呀，是無心！

（刊1982.11.28中央日報）

灶

灶是母愛的形象。

我家的灶分一大一小併連，大灶平時用為燒熱水、作豬菜；過年過節則用來蒸年糕、作大菜，而小灶則是日常炒菜、作飯，烹調美食之用。

農業社會的媽媽，一生與灶為伍；把青春燃燼，換得子女的成長。農業社會的媽媽，把辛勞置放在一日三餐以及家務上，日夜企盼的是子女快快長大成人。

升火吧，加柴吧，不管今日要供給子女食用的是蕃薯籤飯，還是白米飯；不管今日的佐菜是青菜豆腐，還是雞鴨魚肉，總要把三餐備妥。日子總要度過，簡樸艱苦的日子也要熬過，未來的美景正在遠方等待。未來的希望呀，不是財富的累積，不是揚萬世名立千秋業；未來的希望呀，僅僅是子女快快的長大，個個健康活潑可愛。

昔日的子女，在成長的歲月裡，總會看過媽媽依偎在爐旁，孤單守著灶的情影；忍著歲月的刻劃，用心靈，用血汗，醮寫灌溉明日的希望和今日的辛酸。

哪個為人子女的腦海裡，沒有媽媽蒼白髮鬢的形象；那形象，就是媽媽的母愛與慈愛的寫照。

灶有土灶，有磚灶；有易升火的，有生了火就濃煙嗆鼻

的；有供燒柴的，有供填穀殼的，而其形象同一，均在描繪母愛的劬勞與芬芳。

灶是母愛的象徵，灶是母愛的表露；灶給予每個子女溫飽，給予每個子女慈愛。灶呀，是希望的光芒，是路，是橋，是永遠導引我的方向。

我常想起灶，想起二十年前燒柴、燒穀殼的灶，只因灶和媽媽常相依附。想起灶，就想起媽媽；想起媽媽，不覺也會想起媽媽辛勞的身影依在灶旁。

（刊1983.01.15大華晚報）

時代

　　物質文明的血脈，如洪流氾濫了整個的城市與鄉野，城市乃怒吼，鄉野乃嚎啕。處處冒出工廠的煙囪，高樓廣廈的土灰，人人踩著Disco的舞步，搖晃著物質文明臃腫症，把文明病統統學到家。由於，經常的緊張而精神耗弱；由於食物攝取過量而血管硬化；由於過度疲勞、心臟負荷過度而產生心肌衰弱。甚至滋生天災、地變以及人禍，如車禍、撞機、天候異常、乾旱和洪水爆發。

　　時代是路，一直往前走，我們不能再回過頭走以往的路，走農業社會的路。我們也必須承認物質文明，確實帶給我們很多便捷與舒適。

　　時代是路，一直往前走，我們不能再回過頭走以往的路，走農業社會的路。而這就平衡不了我們內心裡，那根深柢固的農業社會道德觀的吶喊，也壓抑不了往日親密的人際關係的理念；但我們對這種往前走的時代，不能歸過於它，所以我們只得勉力學習適應，那日漸淡薄的人際關係以及功利主義的抬頭。

　　時代是橋，在於連繫現代文明與另一個的文明，其過程是一種隱閉與未明，是一個黑箱；是故，我們不能螳臂擋車，企圖轉化文明的過程與腳步。我們只得自我改造，去適應社會結構的變遷與轉化；我們也該自我教育，彌補工業升級的裂痕，自我期許

勇敢、堅強，面對時代潮流。

時代是路，時代是橋，時代是一種腳步一種足跡，雖有禍害因時代而起，雖有災難因時代而爆發；但是，時代無罪，罪在結合的人群與其社會結構。

（刊1983.04文學界6期）

齒

　　獨一的角，具有威猛與威儀；獨一的牙，僅是點綴或裝飾。而並排的齒，才是力量，才是智慧的結晶。

　　齒是力量，齒是智慧，所以齒用以啃食堅硬豆殼類；用以啃食韌性纖維質的菜根菜葉；更用以咬食堅硬肉類。甚至冒咬碎硬殼果，只為取食其中的一丁點美味。齒呀，是力量表徵，是智慧架構。

　　雖有人一向喜愛咬碎硬殼果取其美味；但仍有很多專吃嫩豆腐的軟體動物，不敢對抗強權，不敢正視槍桿或彪悍。他們只是一群懦弱顫抖的可憐蟲。他們只是一群顧著今日逸樂，忘了昨日戰場的頹廢戰士；他們希望的只是偏安一時，苟且一隅。

　　可憐的人呀，齒是力量是智慧，且用齒去咬碎硬殼果吧，那將有不同尋常的美味可品嚐。別忘了，生之延續是奮鬥，不斷的奮鬥；尤其身處憂患之境時，更須把奮鬥意志與行動刻銘於身心。

　　柔弱者生之徒，當被以劍刃架於頸間，仍要卑躬屈膝嗎？就非要血淚塗地，才能覺醒嗎？就非要親自被迫害，才會覺悟嗎？姑息的逆流者，把鷹眼睜開，把豹齒陳列，用無盡的奮鬥，創造下一代更幸福的人生吧！

（刊1983.04文學界6期）

給故鄉

故鄉：

日前返鄉，對故鄉裡濃郁的溫馨與安寧，對鄉親的純樸與閒適，那原是我所擁有的，二十年來卻難以親近的情景，不禁嚮往不已。

記得十年前，當我在台北上班不過三年的時間，卻已然被塑造成標準的上班族時，我曾返鄉。那時我曾為那份一望無際的稻田，與闃無車聲，只聞雞犬叫小鳥鳴的鄉村，感到是太安寧了而不適應；也曾對公車的緩步行、上下車的緩慢而心焚。確然，在一個最大的都會裡，在工商文教最密集的城市中，我已被豢養成追趕匆促的心態，時時以時間為重，刻刻以你爭我奪為勝，以及能把握時間為期許。

事實上，在農村長大的我，其根源就是泥巴與綠野。我曾在綠野平疇裡捕捉靈秀與雋永，我也在純樸與安詳自然中長大成年。

在大自然的懷抱裡，童年時與我為伍的山羊、小狗、雀鳥，都留給我美好的回憶；在原野的懷抱裡，那捕魚、抓蝦、釣青蛙的生活情趣，一直深埋我心田。

那些事雖粗鄙，但卻溫馨迴盪，耐人品味，以至於迄今仍常令我神遊其間：那就是在春日裡蹲坐在田岸上，欣賞秧圃絨狀的

230

秧苗等著插秧；在夏日裡躺在樹蔭下聽蟬喧鳥叫，看一片金黃稻田在風裡盪成萬頃千波，期待著收割季節的來臨；在秋日下撿拾地瓜、烤蕃薯，靜待薯香飄盪田野；在冬日的庭下晒著和煦的冬陽，驅除寒氣等待春日駕臨。

或許年歲漸長，那份年輕與衝動已隨日月淡化，爭名趨利之心已隨歲月老去。

我已深深瞭解平淡就是最大福氣，因之更令我希冀回歸原野，擁抱青綠。確然，最近我一再期待著回到故鄉的懷抱，或者可以這麼說，我期待著有那麼一天，我能再次投入故鄉的日月更迭之中，終日與綠野為伍，去聽聽麻雀的喧嘩，看看半天鳥的飛翔跳躍。

　　流浪的人敬上

（刊1984.05.23商工日報）

永銘心懷

那年，系裡來了三位歸國學人；兩位來自東瀛，一位歸自德國。他們有共通點，那就是年輕而且所受自由風氣的洗禮尚未褪掉，在異國奮鬥所凝結的塵埃尚未拂盡。因之在言辭上，較能包容學生的意見，令我們崇仰之外，多了一份親切感，歐陽老師就是其中之一。

我何其榮幸，得同時沐浴於他們三人的薰陶之下；也何其不幸，竟在畢業不足廿載的今天，已然喪失其中二位。

固然人生似浮萍，聚散本無常；但他們正值人生巔峰狀態之時，學術研究有成，經驗歷練足夠之時，竟相繼說走就走，而且均喪生於癌症時，難免令人訝異唏噓。固然海有漲潮有退潮，人有生有死，但當歐陽老師的噩耗傳來，依然令我不禁感嘆。

我常自外於人群沉思默想自我；但我無法自外於師長的教誨，也因之師長的啟示與印象，長留心田，令我難忘。

第一次和歐陽老師面對面交談，是我大二辦系報之時。為報導新老師陣容，我踩進了單身漢老師宿舍。在蘋果綠的窗簾布洋溢著柔和的氣氛下，小茶几上擺著一朵豔紅玫瑰，帶著典雅氣氛。歐陽老師正和朱老師閒坐茶几邊交談，歐陽老師看到我並沒有挪動身子，他只淡淡微笑以手示意我坐下，那份不拘泥的招呼，毋寧近乎朋友之誼而不是師生關係。

　　自小對師長，我一直抱持敬畏有加，保持距離的態度；雖偶而授課老師還是與我帶點親戚關係，或者是我兄長的同學，依然不改其態。在我心目中，師生關係是距離的，而歐陽老師竟是那般的隨和，著實令我大出意料之外；其後接觸日久，方知此原是老師本性。

　　我依示坐下，敘明來意。他很樂意的把他個人的資料交給我，那天的見面，歐陽老師又厚又闊的唇形，給了我很深刻的印象。我在系報裡登出〈新教授陣容介紹〉一欄，把他們的資歷和對他們採訪的觀感，著實的描繪了一下；我自以為完成了一篇文情並茂的成功報導而沾沾自喜。直到系報出刊，歐陽老師來找我，他有點直截了當的指責說：「不該用教授二字的，別人會說話。」我才恍然大悟，用錯了職稱；雖然社會上通稱在大學裡教書的是教授，但他的抗議，同時也表現出他的謙沖胸懷，我說以後就用講師好了。

　　大三、大四時，歐陽老師相繼教我〈市場學〉、〈廣告學〉。他的教學，一反其他老師的方式，他用的課本是一種，上課講的是另一種，而且鄙棄正規的期中、期末考。他說：「讀書要博覽，視野才能寬廣；不是老師說一，你們就講一。讀書不是填鴨子，重要的是訓練研究、分析以及綜合判斷的能力。」所以他授課不考試，改以繳交報告處理。這種評分方式，並非沒有壓力；為了報告，我們反而要到舊書攤、生產力中心、圖書館以及書店去蒐集資料。但我們感到很是新鮮，因之反而更戮力的去做。歐陽老師確實是啟發了我們另一個治學的方法，不是死背書的方法。

　　商科本來就與人生脫不了關係，日常生活中隨處俯拾，都是商科的素材。再經歐陽老師的旁徵博引，其課程就更加豐饒有趣了。比如他曾說：「非洲土人賣東西，你要是有意通通買，他還不願意呢！」這確是鮮事，通通賣光賺錢多，竟然還不願意；我腦子裡不禁打了一個問號，直希望他儘快把迷底揭曉。頓了一下，他接著自問自答：「為什麼呢？因為非洲土人賣東西，固然是工作，也是娛樂，同時更是生活的一部份。你把他的東西通通買了，下午他就沒事做了，所以他寧願你不要通通買走，而讓他下午有事做。」

　　在校時，我曾幫歐陽老師校對他的著作《市場學──理論與實務》一書。該書厚達千頁，並得嘉新水泥著作獎。那段時間，是我能更深入瞭解歐陽老師的機會。那時正值暑假，為準備畢業後的出路，因此我仍留在台南青年路的宿舍裡。有天，當我騎車出門，適巧遇到歐陽老師。他說他正「玩著」出版的事，既要趕著寫出後面的幾章，又要校對印刷所交回的稿子，忙得團團轉的；每天只能睡上四、五個鐘頭。接著他力邀我幫忙，說校好付我錢。我說：「又何必，有榮幸幫老師忙，已是求之不得。」

　　當時他已搬到東寧街宿舍，每到他宿舍，我總是看到他伏案急書，或者唇咬筆桿陷入思考狀；只偶而停下筆和我閒聊一陣，談人生，談功課，談他在東京的艱苦生活。

　　其實，我早知道，他是北港人，父親是醫生，兄弟個個學業有成。在台灣當醫生是一門很賺錢的行業，所以我一直認為他是幸運的人，不用愁衣愁食的。沒想到他卻一再的說：「靠自己，要靠自己，父親有錢，那是父親的事。重要的是學習如何獨

立自主，靠自己奮發奮鬥才有意義。」接著他敘說著他在東京的生活，他在東京求學時，是一段艱苦奮鬥的日子。他曾在酒廊工作，也當過售貨員、賣票員。他在酒廊的工作，還不是那種穿戴整齊制服的侍者，而是躲在洗手間旁洗碗盤、酒杯的洗碗工。他說：那時每天下午四點就要開始工作，彎著腰不停的洗，洗，洗；在零下十幾度的天氣裡，竟然頭冒熱汗眼冒金星，直要洗到深夜，腰酸背痛才能下班，那時躺上床就睡著了。而且次晨六點不到，還要起床寫報告，溫習功課，就這樣的困苦奮鬥自食其力的維持日常生活和繳交學費，而他也完成了碩士學位的攻讀。

「你知道嗎？為了下班回家的方便，我租的是人家的閣樓；閣樓的空間僅夠彎腰挪動，又沒桌沒椅的。我只得從上班的酒廊裡，撿些肥皂箱回家拆拆釘釘的自己動手，上面舖個破舊的塑膠布就權充書桌了。我就是蹲在那裡做功課、趕報告的。」歐陽老師說。

有一次，我抱怨：「大學四年郊遊烤肉等的團體活動，我參加得太少了，多姿多采的大學生活未能充分的利用，似乎有點遺憾！」

歐陽老師說：「固然大學生活要多參加團體活動，留些值得回味的足跡，同時培養人與人相處的關係；但更重要的，還是先要把功課搞好。像我在東京的三年裡，我幾乎沒有參加過任何的一次旅遊活動，連假期都在打工。」

畢業後，我經考試分發上班，由於工作上的關係，沒有什麼機會回南部，也因此漸漸和歐陽老師疏遠；但他的治學方法以及諄諄善誘的教導，依然深銘我的心田。而且我有位李姓同學，

經常南北跑；他每次回南部，總是抽空到歐陽老師家去拜訪。所以，從他處我依然斷續知道老師的近況，先頭老師惦記的還是努力奮鬥，他經常告介我那同學要多看書吸收新知識，不要被知識遺棄。他也常和我那個同學交換新書看。我那同學常說：「歐陽老師是一位不斷學習研究的人，幾個書架上通通擠滿了書，做為一位學者是夠資格了。」

後來，我那同學到日本幾年，歐陽老師的信息因此中斷了。俟他回台後，有次和他見面，他竟憂淒著臉說：「上個禮拜到台南去，歐陽老師剛剛生了一場大病，已消瘦得不成人樣了，他的目光呆滯。他一再的對我說：『什麼都是假的，功名、成就、財富都是過眼雲煙呀，最重要的是要身體健康！』」

曾幾何時，一位有幹勁，有衝力的學者，竟落得如此的消極悲觀！怎不令人震驚與遺憾。我打定主意，哪天抽空看看這一位恩師；可惜不及二個月，當我還來不及抽空到台南看他時，我那同學竟悲愴著臉，沙啞著聲音告訴我：「歐陽老師走了！」頓時，我楞住了；真沒想到受業門下的情景還宛如昨日，於今竟已生死永別。我站在台上講解我的報告，那是一篇有關供需定律的文章。我蒐集了廿幾種供需關係，逐一繪圖，說明了兩個鐘頭；而歐陽老師在台下的座位上，微笑領首的情景，不是彷如昨日的鮮明嗎？卻為何老師說走就走。是的，老師常說：「今天是一個廣告的時代，新舊產品都要不時用媒體廣告推介給消費者，要無時無刻的去啟發加深消費者的印象，產品才能銷售成功；就是個人也要推銷，不推銷，別人怎麼知道你的長處在哪？優點在哪？有沒有內涵？尤其我們學工管

的、企管的人。」卻為什麼老師在不及半百的年齡，就急著把自己推銷給「死亡」呢？

　　空氣裡突然凝結了，一刻的緘默之後，我那同學又說：「聽說是肝癌。」又是一刻的緘默。肝癌，多少學者被扼殺在它們的魔掌中呀！是的，老師在世時，是過度操勞了，太把成為一位成功的學者當一回事了！除了這麼的解釋以外，還能找到什麼致癌的原因呢？他一不抽菸，二不喝酒呀！

　　別了，歐陽老師，你曾說：「我們年齡相若，大也大不了幾歲，別把我當老師看，就同朋友般看待好了。」別了，亦師亦友的歐陽老師，您的教誨，我會永銘心懷的。

　　　　　　（刊1984.09.28大華晚報《慶祝教師節特刊》）

兩塊錢

　　注意到那個小孩，是車子在市場那一站的站牌停車時。他沒有如同其他的小孩一般的爭先恐後的上車，而是殿在最後面，一副很有教養的模樣。他跨上車門，清純的雙眸流露出童稚的天真，揚手把零錢交給司機先生。

　　司機先生一眼望見他時，眼裡忽然出現惡作劇的笑意。我正感到莫名其妙時，他已把掌心攤開，瞄了一眼；此時突見司機又綻出笑臉，捏個拳頭在小孩的肩上輕輕的敲了一下，不帶責備的陶侃說：「又給我兩塊錢，每次都給我兩塊錢。」

　　小孩衝著司機咧咧嘴笑了笑，自顧自的走向後座。

　　當我初看到司機反手在小孩肩上敲一下時，我確實有點訝異，訝異那司機先生的唐突。待聽到司機的陶侃，那句：「每次都給我兩塊錢。」的話語時，我不禁也衝著他笑了起來。（註：小孩票三元）

　　　　　　　　　　　　　　　　（刊1985.03.22商工日報）

傘

撐一把黑傘乃把暴風雨阻隔在外；撐一把陽傘乃把豔陽的扎眼摒隔在外。

傘自成天地，把安全、親情與甜蜜擁抱，永不讓霜痕停駐；傘自成天地，把慈愛、撒嬌與成長團聚，永不讓雪印肆虐。

家亦是傘，把憂傷、苦悶、失敗、躓仆阻擋在外。流落天涯的浪子，漂泊高山平原的異鄉人呀，歸來吧！

傘撐起，乃知安全之所繫；家誕生，乃覺溫暖尚存人間。莫欺凌傘葉的覆蓋，莫凌虐傘柄的撐持，好讓傘下的人，把親情與慈愛摟抱！傘是天，傘是地，傘是生存之所繫。

（刊1985.04.03商工日報）

莫再待來年

被壓扁的日子，一頁頁毫不在意的翻過去又翻過去；春去秋來，秋去冬也過，方自猛然覺醒一年的時光，正快速的走向第十分之十，剩餘的祇是薄薄幾箋日子而已，日子消瘦一如我乾瘦的心頭。

年初曾說這年頭要活得愉快，活得俯仰無愧，活得有意義的；怎料鑲刻心版的昔日，竟是暗淡的鐵灰。不記得，可曾有快樂的時光篩出戶外；但見陰霾依舊，長留小閣樓間。

恨只恨過度縱樂與疏懶，安知樂趣來自追求；恨只恨過度閒散與不自我警覺，竟不知工作後的休憩最是愉快。

假若時光倒流，我將把心用在關懷，關懷群體中的個體，撫慰他人的創痛；假若時光倒流，我將盡力滋長靈性，而不一直追求物質慾望的享受。

確然，一天過去仍有一天，一年過去仍有另一年；但流逝的水是永不回頭，劃過的弧線是永不重現。就從今天開始，把物質生活的慾望淡化而束之高閣，把精神生活提昇振奮，莫再待來年。

（刊1985.06.23商工日報）

我是一個卑微的人

　　如果有天，我死了，死在路旁，一定不會驚動別人；因為我是一個卑微的人。

　　我知道我生時傴僂著身軀，挺不起胸膛；只因太多達官貴人在周遭。他們手握權柄，一如女巫的掃帚，隨時把景物變換。

　　我知道我生時傴僂著身軀，挺不起胸膛；只因太多武士在周遭。他們手握拳頭，腰間配帶刀槍弓劍，隨時找人出氣當靶心。

　　我知道我生時傴僂著身軀，挺不起胸膛。只因周遭的建築物高聳，常把太陽光擋；只因周遭是死寂，沒有蟲鳴鳥叫，只有人聲沸騰的吵雜。想一想，看一看，那些夏蟬秋蟲，還有蛙鳴鳥叫，全都搬走了；它們只適宜在山泉松影下生活，只適宜在開曠的原野飛翔跳耀，還有在崇山峻嶺裡過日子。

　　我是一個卑微的人，只適宜和不懂人語的鳥獸為伍，只適宜和原野溪流為伴；而今周遭卻是偉大的建築物矗立，再不然就統統是柏油路的通道，那些泥芬草芳已消失，蛙鳴蟬唱也遠離。我只得居處城市的牆角，養一些蟑螂、螞蟻和老鼠。

　　至少他們是畏首畏尾的族類，會讓我心安理得。至少在它們之前，我永遠是勇者的形象：一不怕蟑螂，二不怕螞蟻，更不怕鼠患，此時我可以挺起胸膛，傲視群「蟲」。

（刊1985.08.17商工日報）

鈔票的使用與流通

　　我們進到那紙廠時，已見三、四十位女作業員穿著花俏衣裳，分別端坐在一個漏斗形大鐵筒邊；她們自然而然的圈成兩朵嬌豔的花形。有些男作業員則散置在塑膠箱旁站立，有幾位蹲著；除此以外，還有身著制服的警衛分立各處。

　　工廠裡沒有喧嘩聲，沒有嘻笑聲，氣氛裡只有一層濃厚的凝重。每個人都在等待鈔券的葬禮，是的，那些仟元券、伍佰元券、佰元券、伍拾元券以及拾元券，都已在市面上流過一段時間了。現在它們已老皺、髒兮兮、泛著污臭味，而到了必須銷毀，逐出經濟社會的時刻了。

　　其實，毋庸如此大陣仗嚴陣以待的，被堆置成三、四大堆的廢券，在台銀時早已經過整理、成綑以及打洞的手續，這些廢券已無法在市面上流通。所謂打洞，其實就是在票面上各打兩個二、三公分直徑的圓形，鏤空成洞；而現在所推置的廢券，就是被打了洞的鈔券。

　　經檢查單位的清點大數抽點細數無誤，同意銷毀後；男作業員就把成綑的鈔券搬到女作業員身旁及身後。此時女作業員就很熟練的用小刀片把捆紮鈔券的繩子割斷、去除，再輕輕的在每一小紮鈔券上的綁鈔紙帶上各劃上一刀，等整綑鈔券的紙條均已劃過，就全數推入漏斗形鐵筒內，而鈔券或成紮或單張，如落葉跌

落鋼球裡。這鋼球，就是鐵筒底下的蒸氣球，正張著大嘴巴承接掉落的廢券。這蒸氣球，就是作廢鈔券的墳場了。那些鈔券在球裡，將度過漫長的一整天，在藥水以及蒸氣的浸蝕下，褪去油墨蝕去身形。

　　等漫長的不間斷的蒸煮，鈔券都褪去油墨蝕得稀爛，然後經過打漿的過程，一張張的鈔券已然又回覆成紙漿的面貌，使人不復辨識原是鈔券。

　　鈔券一綑一綑丟進球裡，直要成噸的數量才會滿球。等成堆的鈔券通通丟進球裡，女作業員才又緘默的魚貫的走出工廠。這時又是檢查人員的事了，檢查人員各處尋找著沾黏在綑鈔麻繩上未被發現，而偶爾遺留在外的破損廢券，將之丟入球裡；其實那麼一小塊的「錢」，是無法當貨幣購買東西的。但是，檢查人員依然用心的仔細找尋著，深怕有遺落。

　　等檢查過廢鈔券都丟進球裡時，才把球加簽加封；裡頭的鈔券就要如此的在暗黑密閉的球裡接受煎熬、脫胎換骨，化成紙漿。

　　鈔券，這近代財富的象徵，交易的支付工具；如果成堆堆置，其實只是一堆散發著惡臭，令人掩鼻不舒服的一種東西而已。鈔券不只舊了、髒了時發惡臭；其實剛出籠的鈔券，其油墨味之惡臭，亦是事態嚴重。有次，我領了十幾張新鈔，未置入皮包中，等我回辦公室時，只覺四周瀰漫著小孩「拉稀」的那種淡淡惡臭。我懷疑是皮鞋沾上骯髒的東西，我抬起鞋子望了鞋底幾眼，仔細看了又看，鞋底還好，蠻乾淨的；後來才想起，可能是鈔券散發的油墨惡臭味，掏出一聞，果然不錯。錢是人見人愛的

東西，可用來購買物質，支付服務，甚至用來買精神生活的工具，當然不能隨意棄置。當即置入皮包中，用皮包把它裹緊，自此原來所瀰漫的惡臭才淡薄、消失。

我上市場購買東西時，經常是儘量攜帶零錢的；我所以如此做，主要目的是儘可能不找零。萬一需要找零，我就先買魚，等魚販找回又濕又沾魚鱗片的佰、拾元鈔時，再用找回的錢急急去買雞肉，因為賣雞肉的經常會找回一些沾著血腥、肉末的零錢。而後再用這沾著血腥、肉末的鈔券，去買蔬菜，把錢用掉。

當然，我們可以很容易的就知道，其實鈔券每經過一次的支付，總是多少會帶給鈔券一些髒污的。賣燒餅、油條的，給鈔券塗抹一些油污；修傘、修皮鞋的，沾點口水點數鈔券，總是在鈔券上留點口水。有些擤鼻涕不用衛生紙的人，經常會把鼻涕留在手指上也不介意，同樣的，在鈔券上會留點鼻涕；生病的人則把噴嚏打在其上支付。

髒，鈔票真是髒，不只會沾染那些肉眼可見的髒污，同樣會傳送肉眼看不見的細菌；鈔票就是如此的一手交給另一手的傳遞著，也如此一手交一手的把髒污和細菌加在鈔券身上。所以鈔券使用時間越長，其上所顯示的髒污和細菌，也幾乎成正比的增加著，對此我們都認識得很清楚；所以當我們在付錢時，總是挑髒污、稀爛的，先做支付工具用掉，而把那些簇新的留在身邊。

也因此，破爛的鈔券週轉率反而比簇新的多，社會上就滿地看得到稀爛的鈔券，就好像我們的國度裡只有髒鈔票存在一般。這髒污、稀爛的鈔券，直要等到有哪天被送進銀行，稱之為回籠券；才經銀行工作人員整理剔出，送到台銀打洞作廢，才不再流

通在外。

　　銀行界曾一再提出呼籲，當我們有破舊鈔券時應留存，並轉交銀行，以免破舊鈔券再度流通於社會裡。可是，我們確實都太忙了，也太自私了，哪有那份閒暇將破舊鈔券持向銀行兌換新鈔呢？我們既然不願花點時間把破舊鈔券送回銀行，我們只得容忍鈔券上的細菌和噁心了！

　　再不然，就是點數過鈔券，隨時去洗手吧！再不然，就是用塑膠袋、用衛生紙把髒錢包起來，以免髒污了我們的口袋。可是我們並沒有那麼多的時間隨時神經質的去洗手；再則用塑膠袋、衛生紙包紮，點數之時依然不免污染我們的雙手，所以我們每個人還是應該隨時把舊鈔券送去銀行兌換，以阻止破舊鈔券的再次釋出流通。我們該有這種自覺，我們要持有乾淨的錢，而不要賺進「髒」錢。

　　鈔票是經濟活動的產物，是經濟生活的支付工具，沒有任何一個人能免除收授。

　　日前經過麵包店，拿了五百元券買了麵包，找過的錢，我就往口袋裡裝，數也沒數。我一向很少認真的去點數找回的錢，所以在回家掏出口袋裡的錢時，常會發現舊一元硬幣被小販不小心當拾元幣支付，或者伍角硬幣被當壹元用，雖然發現時不免有點懊悔，可是又無憑無據或者早已不記得是何人找給我的，也無法去理論，就是如此的，我依然不改其毛病。其實，這種壹元硬幣早被中央銀行公告禁止流通了，而每個國民依然私自授受，也因之偶爾會混亂了幣制。其實我們若有此種被取消流通的券幣，除非做為錢鈔收藏，都該送到銀行兌換流通幣才對。可是我們的惰

性和我們所謂的天性，卻使幣制改變，遭受到困擾。

那一天，我回到家裡，掏出找回的錢，準備把長褲送洗。當我略為一瞥時，竟發現其中有一張伍十元票，僅剩下半截而已；那票子尚新，我首先想到的是，這錢不知是為什麼損毀的，假如是故意為之，有人作證，還要吃上損毀國幣罪的。其次，我思索著，這錢是誰找給我的，想來想去才想起或許是麵包店所找，當即急急照著麵包袋上的電話打給老闆，果然他說他那裡還有一半。

次日，老闆說：當晚他還責怪他兒子，怎麼收入人家半張的伍十元券呢？我說：「我還要怪你老闆呢，就是老闆你自己找給我的呀！」

我把各半截的伍十元券貼回在同樣大小的白紙上，持向銀行兌回一張簇新的伍十元券。如果那張伍十元券，我只持有其中的一半，黏在白紙上，我只能兌回二十五元了！當然老闆的那半截也可以兌換二十五元的。這就是說：只要鈔券尚留有三分之二張以上，且有二個紅色小官章，這破損券就可以兌回全部的面值；如果只有二分之一以上，且只保有一個小官章，則可兌回半數面值。

即然今日人人不能置身於「鈔券」之外，可否每個人愛惜一點鈔券，保持票面乾淨；再則如有流通過久的舊鈔券，將之持向銀行兌回新鈔，以便阻止舊鈔券的流通，並且配合中央銀行的發行，拒絕接受禁止流通的券幣，讓我們社會裡所用的貨幣，是乾乾淨淨、清清爽爽的。

（刊1987.04.15中華日報）

釀文學　PG0667

 麻雀情及其他
——趙迺定散文集早期作品之二

作　　者	趙迺定
責任編輯	陳佳怡
圖文排版	譚嘉璽
封面設計	陳佩蓉

出版策劃	釀出版
製作發行	秀威資訊科技股份有限公司
	114 台北市內湖區瑞光路76巷65號1樓
	電話：+886-2-2796-3638　傳真：+886-2-2796-1377
	服務信箱：service@showwe.com.tw
	http://www.showwe.com.tw
郵政劃撥	19563868　戶名：秀威資訊科技股份有限公司
展售門市	國家書店【松江門市】
	104 台北市中山區松江路209號1樓
	電話：+886-2-2518-0207　傳真：+886-2-2518-0778
網路訂購	秀威網路書店：http://www.bodbooks.com.tw
	國家網路書店：http://www.govbooks.com.tw
法律顧問	毛國樑　律師
總經銷	聯合發行股份有限公司
	231新北市新店區寶橋路235巷6弄6號4F
	電話：+886-2-2917-8022　傳真：+886-2-2915-6275

出版日期	2012年1月　BOD一版
定　　價	300元

國家圖書館出版品預行編目

麻雀情及其他：趙迺定散文集早期作品. 二 / 趙迺定作. --
　一版. --　臺北市：釀出版, 2012.01
　　面；　　公分. --（釀文學；PG0667）
　BOD版
　ISBN　978-986-6095-57-3（平裝）

855　　　　　　　　　　　　　　　　　100021461

讀 者 回 函 卡

感謝您購買本書，為提升服務品質，請填妥以下資料，將讀者回函卡直接寄回或傳真本公司，收到您的寶貴意見後，我們會收藏記錄及檢討，謝謝！
如您需要了解本公司最新出版書目、購書優惠或企劃活動，歡迎您上網查詢或下載相關資料：http:// www.showwe.com.tw

您購買的書名：_____

出生日期：_____年_____月_____日

學歷：□高中 (含) 以下　　□大專　　□研究所 (含) 以上

職業：□製造業　□金融業　□資訊業　□軍警　□傳播業　□自由業
　　　□服務業　□公務員　□教職　　□學生　□家管　　□其它_____

購書地點：□網路書店　□實體書店　□書展　□郵購　□贈閱　□其他

您從何得知本書的消息？

　□網路書店　□實體書店　□網路搜尋　□電子報　□書訊　□雜誌
　□傳播媒體　□親友推薦　□網站推薦　□部落格　□其他_____

您對本書的評價：（請填代號　1.非常滿意　2.滿意　3.尚可　4.再改進）

　封面設計____　版面編排____　內容____　文／譯筆____　價格____

讀完書後您覺得：

　□很有收穫　□有收穫　□收穫不多　□沒收穫

對我們的建議：_____

_____

_____

_____

11466
台北市內湖區瑞光路 76 巷 65 號 1 樓

秀威資訊科技股份有限公司　　　收

BOD 數位出版事業部

....

（請沿線對折寄回，謝謝！）

姓　　名：_____　年齡：_____　性別：□女　□男

郵遞區號：□□□□□

地　　址：_____

聯絡電話：(日) _____ (夜) _____

E-mail：_____